IQ《アイキュー》探偵《たんてい》ムー

あの子《こ》は行方不明《ゆくえふめい》

作《さく》◎深沢美潮《ふかざわみしお》　画《が》◎山田J太《やまだじぇいた》

ポプラ社

「つかぬことをおたずねしますが……、こういう女の子を見かけませんでしたか？」

夢羽は、さっき八千代から借りてきた恵理の写真を見せた。

若い保育士は足にすがりついてくる子供をあやしながら、写真をジッと見つめた。

目《もく》次《じ》

★登《とう》場《じょう》人《じん》物《ぶつ》紹《しょう》介《かい》●●●

茜崎夢羽《あかねざきむう》

小学五年生《しょうがくごねんせい》。ある春《はる》の日《ひ》に、元《げん》と瑠香《るか》のクラス五年一組《ごねんいちくみ》に転校《てんこう》してきた美少女《びしょうじょ》。頭《あたま》も良《よ》く常《つね》に冷静沈着《れいせいちんちゃく》。

杉下元《すぎしたげん》

小学五年生《しょうがくごねんせい》。好奇心旺盛《こうきしんおうせい》で、推理小説《すいりしょうせつ》や冒険《ぼうけん》ものが大好《だいす》きな少年《しょうねん》。ただ、幽霊《ゆうれい》やお化《ば》けには弱《よわ》い。夢羽《むう》の隣《となり》の席《せき》。

小日向徹《こひなたとおる》

五年一組《ごねんいちくみ》の担任《たんにん》。あだ名《な》は「プー先生《せんせい》」。

ラムセス

夢羽《むう》といっしょに暮《く》らすサーバル・キャット。全長一《ぜんちょういち》メートル二十《にじゅう》センチ。体重二十《たいじゅうにじゅう》キロ。

小林聖二《こばやしせいじ》

五年一組《ごねんいちくみ》の生徒《せいと》。
クラス一頭《いちあたま》がいい。

江口瑠香《えぐちるか》

小学五年生《しょうがくごねんせい》。元《げん》とは保育園《ほいくえん》の頃《ころ》からの幼《おさな》なじみの少女《しょうじょ》。すなおで正義感《せいぎかん》も強《つよ》い。活発《かっぱつ》で人気《にんき》がある。

大木登《おおきのぼる》

五年一組《ごねんいちくみ》の生徒《せいと》。食《く》いしん坊《ぼう》。

河田一雄《かわだかずお》、島田実《しまだみのる》、山田一《やまだはじめ》

五年一組《ごねんいちくみ》の生徒《せいと》。「バカ田《ダ》トリオ」と呼《よ》ばれている。

杉下亜紀《すぎしたあき》

元《げん》の妹《いもうと》。小学二年生《しょうがくにねんせい》。

木田恵理《きだえり》、目黒裕美《めぐろひろみ》、三田佐恵美《みたさえみ》、吉田大輝《よしだたいき》

五年一組《ごねんいちくみ》の生徒《せいと》。

ユマ・ウィルキンソン

夢羽《むう》の叔母《おば》。日本名《にほんめい》は塔子《とうこ》。

★
銀杏《いちょう》が丘《おか》市《し》MAP
農業高校
自動車工場
舞橋
鯛橋
久美の家
営プール
市営図書館
咲間川
第二小
第二中
喫茶ナイヤガラ
警察署
国道
カムパネルラ商会

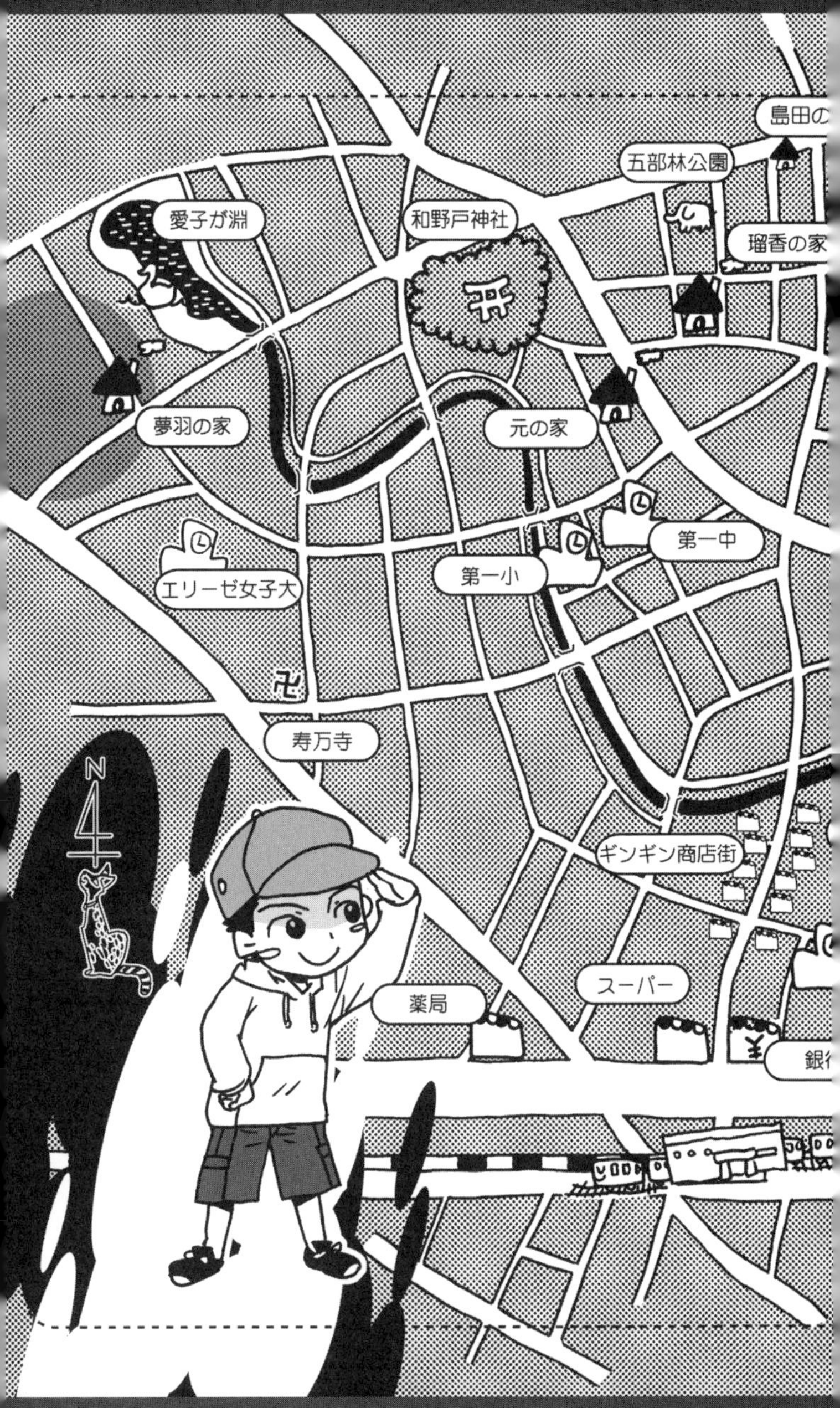
島田の
五部林公園
愛子が淵
和野戸神社
瑠香の家
夢羽の家
元の家
第一中
第一小
エリーゼ女子大
寿万寺
ギンギン商店街
スーパー
薬局
銀
N

あの子《こ》は行方《ゆくえ》不明《ふめい》

★ズル休み？

1

「なんだよ、そのカバン。何が入ってんだ？」

「何が入ってんだよ？」

「でけぇー!!」

ひとりの女の子の周りではやしたてているのは、バカ田《ダ》トリオこと、河田《かわだ》一雄《かずお》、島田《しまだ》実《みのる》、山田《やまだ》一《はじめ》の三人だ。

どこのクラスにでもいそうな、悪気はないけれど、お調子者を絵に描《か》いたような彼《かれ》ら。

放課後の掃除《そうじ》をサボっているところを生活指導《しどう》の先生に見つかり、こっぴどく怒《おこ》られたばかりである。

ムシャクシャしているところ、通りかかったクラスメイトの女子……木田恵理《きだえり》に八つ当たりを始めたのだった。

たしかに、恵理《えり》はいつもぱんぱんにふくらんだカバンを持っている。ランドセルの他《ほか》に、だ。

いったい何が入ってるのか、それは誰《だれ》も知らない。

誰かが見ようとして、恵理《えり》がわあわあ泣き出したことがあり、それ以来、さすがに泣かれてまで見たいわけじゃないからと、みんな中身を追及《ついきゅう》するのをやめた。

今も口をへの字にして泣き出しそうな顔で、カバンをギュっと抱《だ》きしめ、三人の間をすり抜《ぬ》けようともがいている。

そこに通りかかったのは、同じクラスの女子ふたり。

彼女《かのじょ》たちは恵理《えり》たちのようすを見て、クスクス笑って何事かささやきつつ、通り過《す》ぎていった。

ここ、銀杏《いちょう》が丘第一《おかだいいち》小学校は、銀杏《いちょう》が丘《おか》という小さな町の市立小学校。

その名の通り、校庭にも大きな銀杏の木が並《なら》んでいる。

秋には黄色に色づく葉っぱも、今は若葉《わかば》を茂《しげ》らせている。

そう。まだ春も浅く、まだ赤ちゃんのような若葉《わかば》が風にゆれている様《さま》は、平和そのものだったのだが……。

＊＊＊

春の遠足。
お芋掘《いもほ》り。
運動会。
七夕《たなばた》祭り……。

この頃《ころ》はよかったよなぁ……。
杉下元《すぎしたげん》はクッキーの缶《かん》に入った写真を一枚《まい》一枚見ながら、ため息をついた。
写真には保育園《ほいくえん》時代の元《げん》が写っている。
たしかに、この頃は勉強なんてものしなくてよかった。毎日、毎日、遊ぶのが仕事だった。

木田恵理《きだえり》がバカ田《だ》トリオにからかわれていた日から数えて三日後。

今日《きょう》は月曜日だが、振《ふ》り替《か》え休日のため、学校はない。

担任《たんにん》の通称《つうしょう》プー先生（本当は小日向《こひなた》先生という）が出した宿題は、嘆《なげ》くほどの量があるわけでは決してない。

それに、過去《かこ》を懐《なつ》かしんでいる暇《ひま》があったら、とっとと宿題を終わらせてしまえばいいものの、ついついこうして横道にばかりそれてしまい、肝心《かんじん》の宿題はいつになっても終わらない。

人生とは、とかくそういうものだ。

保育園《ほいくえん》時代の元《げん》……。

今は前髪《まえがみ》だけ少し長めでツンと立たせ、他《ほか》は坊主《ぼうず》に近い短髪《たんぱつ》だが、この頃はもう少し長めだった。愛嬌《あいきょう》のある顔はたいして変わってない。

ある意味、小学五年生になった元《げん》、そのままと言ってもいい。

顔も体つきも幼《おさな》くて、ポチャポチャしてはいるが……。たとえば、同じクラスの江口《えぐち》瑠香《るか》なんかはもっと変わってる。

彼女《かのじょ》も元《げん》と同じ保育園《ほいくえん》出身。ずっとクラスも同じだったから、写真にもたくさん写っている。いや、元《げん》が写った写真には必ずと言っていいほど、彼女が割《わ》りこんできている。

その性格《せいかく》は今でも変わっていないが、顔が違《ちが》う。

今の瑠香《るか》は高い位置で髪《かみ》をふたつ結びにし、クルリンとカールさせたツインテール。キラキラした勝ち気な目をした、いかにも今風な女の子。

一方、保育園の頃《ころ》の瑠香《るか》は、ふわふわした髪で下ぶくれの顔。勝ち気な目は変わりないが、それにしてもなんだか別人のように幼い。笑ってしまうくらい赤ちゃん顔で、今の生意気な口をきく瑠香《るか》からは想像《そうぞう》がつかない。

「へへへ、なんだよ、この顔！」

元《げん》は、瑠香《るか》の顔を見てはクスクス笑った。

もちろん、ここが彼《かれ》の家で、瑠香《るか》がいないのがわかりきっているから……なのだが。

「どうしたの？　お兄《にい》ちゃん、ひとりで笑って。ヘンタイみたいだよ」

二段《だん》ベッドの下、寝転《ねころ》がって漫画《まんが》を読んでいた妹の亜紀《あき》がヒョイと顔を上げた。

ヘンタイというのがなんなのか、わかってなくて使っているところが恐《おそ》ろしい。

「え？　ああ、ほら、これ見てみろよ」

「ん？　なになに？」

八歳《さい》になる亜紀《あき》は漫画を置いて、ベッドからズリズリとそのまま這《は》い出《だ》してきた。

元《げん》が今見ていたのは、保育園《ほいくえん》の近くにあったタコ公園で遊んでいる元《げん》や瑠香《るか》たちの写真だ。

「あー、タコ公園だー！」

亜紀《あき》も同じ保育園出身だからよく知っている。

その保育園には広い園庭《えんてい》がなかったので、毎日近所の公園へ遠征《えんせい》しては遊んでいた。

なかでも一番人気があったのが、このタコ公園である。

正式名称《めいしょう》は、ただの「児童公園」。瑠香《るか》の家のすぐ近くにある。

広い公園内に、ひときわ目を引く赤くペイントされたタコの形をした乗り物があって、
それがここの愛称になった。

タコの頭部分はなかが空洞《くうどう》になっていて、タコの目の部分が窓《まど》になっている。長い足にぶら下がって遊ぶこともできるし、なかにはロープがぶら下がった足もあって、そのロープでターザンごっこができた。

そのタコの頭のテッペンに元《げん》が登ってピースしている写真だったが、例によって瑠香《るか》が元《げん》の前に顔を突《つ》き出し、ゲラゲラ笑っている。

おかげで元《げん》の顔は半分しか見えない。

その瑠香《るか》の顔がなんとも赤ちゃんっぽくてかわいいのだ。

「へぇー、瑠香《るか》ちゃん、かわいい！」

「かわいい！　っていうか、かなりガキだよな」

「お兄《にい》ちゃん、そんなこと言っていいの？」

「ふん、別にー！」

と、強がりは言ってみたものの、少しだけ心配になってきた。

そこで、ごくりと喉《のど》を鳴らして言った。

「おい、だけどさ。別に瑠香《るか》に言う必要はないんだからな？　わかってるな？」

亜紀《あき》はニヤニヤ笑いながら手を出した。

「なんだよ！」

「口止め料！」

「な、なんだとぉー？　おまえ、実の兄を恐喝《きょうかつ》するつもりかー!?」

「キョーカツって何？　トンカツみたいなもん？」

「……………………!!」

ムグウグと、元《げん》が口を開け閉《し》めしていた時だった。

「なぁにー？　何、楽しそうに遊んでるの？　あ、写真!?」

と、すごくよく知っている声が後ろから聞こえた。

振《ふ》り向かずともわかっている。

噂《うわさ》の主……江《え》口《ぐち》瑠《る》香《か》、その人だったからだ。

2

「何よ、そんなお化《ば》けでも見たような顔して！」

トレードマークのツインテールをゆらして、瑠《る》香《か》がどれどれ？　とやってきた。

薄《うす》いブルーのパーカーとブルーのチェックのキュロット、白いハイソックス。今日《きょう》も相変わらずバッチリおしゃれしている。

お化けのほうがまだマシだ！

元《げん》は内心そう叫《さけ》びながら、あわてて缶《かん》に写真をしまいこんだ。

「いや、なんでもないよ。それよりなんだよ！　人の部屋《へや》にノックもしないで」

「ノックって言ったって、ドア開けっ放しだもん。ねぇ？」

と、瑠《る》香《か》は亜《あ》紀《き》に同意を求めた。

「あっはっはっは、お兄《にい》ちゃん、ばっかみたーい！」

亜紀《あき》は大口を開けて笑い転げる。

「うっせえなぁ！」

亜紀《あき》のおしりをけっ飛ばすと、瑠香《るか》が目をつり上げて怒《おこ》った。

「いくら妹だとはいえ、女の子のおしりを蹴《け》るなんて！　最低。元《げん》くん、そんなDVな人だとは知らなかったわ」

「で、でぃーぶい??」

「ドメスティック・バイオレンス。家庭内暴力《ぼうりょく》のことよ！　元《げん》くん、新聞くらい読んだら？」

ったくぅ。

なんで、こう……いちいち偉《えら》そうなんだ。

まぁ、たしかに最近、瑠香《るか》は物知りになった気がする。家で小学生向けの新聞を取り始めたからだ。

「と、とにかく……何の用だよ？」

態勢《たいせい》を立て直し、瑠香《るか》に聞くと、彼女《かのじょ》はサッと顔を曇《くも》らせた。

「そうだ。あのね……。恵理《えり》ちゃんなんだけど」

「恵理《えり》ちゃんて、木田《きだ》？」

「そうそう」

彼女も瑠香《るか》や元《げん》と同じ保育園《ほいくえん》出身だ。泣き虫なのは保育園時代から変わらない。

「さっきね。恵理《えり》ちゃんのお母《かあ》さんがうちに来て。最近、変わったようすないですか？　って言われたんだ」

「変わったようすって？」

元《げん》が聞き返した時、亜紀《あき》がゲラゲラ笑った。

「あー！　お兄《にい》ちゃんが泣かしたんでしょ、だめだよ、女を泣かす男は最低だって、ママ、言ってたじゃん！」

「あ、あのなぁ!!　うっせえんだ。下、行ってろ！」

ついついいつものクセで、また亜紀《あき》のおしりを蹴《け》っとばそうとしたが、またDVだと言われそうだから、ギリギリでやめた。そうは言うが、頭をたたくよりはいいんじゃないかと思っていた。亜紀《あき》なんか、元《げん》の頭をまるで太鼓《たいこ》のようにたたくのに。

ま、やっぱり蹴《け》るってのはダメか？

当の亜紀《あき》はまったく気にするようすもなく、ゲラゲラ笑いながら、漫画《まんが》の本を持って下へ行ってくれた。

「実はね……」

瑠香《るか》はギィっと音をたて、元《げん》の勉強机《づくえ》の前にあった椅子《いす》に座《すわ》った。

元《げん》はそのまま床《ゆか》に座って、彼女《かのじょ》を見上げた。

「恵理《えり》ちゃん、先週、お休みしたじゃない？　三日連続で」

「ああ、そうだっけ？」

「そうよ！　うそ。覚えてないの？　まったく、冷たいんだから、元《げん》くんは！」

「うっ……」

そんなこと言われたって。隣《となり》の席の茜崎夢羽《あかねざきむう》が休んだんなら、そりゃ覚えてるだろうけど、恵理《えり》の席がどこなのかもわからない。

そっか。そういうのを冷たいと言うのかな。

元《げん》がひとりで納得《なっとく》していると、瑠香《るか》は深刻《しんこく》な顔にもどった。

「でね。恵理《えり》ちゃん、実は家からは出かけてたんだって」

「へ？　どういうことだ？」

「だからね。家の人たちはてっきり学校に行ってるものだと思ってたそうなの」

これにはびっくりした。そんなことしたら、元《げん》なら母親からハッ倒《たお》される。

一日くらいはごまかせても、三日連続ともなればなぁ。

まず、ウソついていられない。絶対《ぜったい》、顔に出る。

「で、どこ行ってたんだ？」

元《げん》が聞くと、瑠香《るか》は首を横に傾《かたむ》けた。

「わかんないのよ、それが……先生もね、ママたちにあまり強く問いつめたりしないほうがいいですって。ほら、わたしたちって、微妙《びみょう》なお年頃《としごろ》じゃない？」

と言われ、思わずブっと吹《ふ》き出してしまった。

とたんに、瑠香《るか》の目が三角になる。

「ご、ご、ごめんごめん！　いや、別にたいした意味はないんだ。ハハハ……」

必死に取りつくろう。

「で？　なんでオレのところに来たんだよ？」

あわてて質問《しつもん》を返してみると、瑠香《るか》は案外あっさり引き下がった。

「うん。結局、恵理《えり》ちゃん、ママたちには何も言わないんだって。『ごめんなさい、もうしません』って、わあわあ泣くばかりで」

あぁ、だろうなぁ。それは想像《そうぞう》つく。

ふだんだって泣き虫なんだから。

「でもさ、さすがにそのままにはしてられないじゃない？　恵理《えり》ちゃんのママにしてみれば、心配なわけ。どこか不良な場所に行ってるんじゃないかとか」

「まっさか!!」

元《げん》が「ないない！」と大げさに手を振《ふ》る

と、瑠香《るか》も大きくうなずいた。

「うん、もちろんわたしもそう思うよ。でもね。恵理《えり》ちゃんのママの気持ちもわかるっていうか。で、うちに来たわけ。保育園《ほいくえん》からの友達《ともだち》だったら、何か心当たりがあるんじゃないかって。恵理《えり》ちゃんママ、今の恵理《えり》ちゃんの友達、よくわかんないんだって。プー先生は、いつもいっしょにいるグループじゃないかって思ってて。でも、彼女《かのじょ》たちはぜんぜんわからないって言うし。それ以外ってなると、よくわからないって……。ま、そう言われてみれば、わたしにだってわからないかも！　あの子、ほんとに泣き虫なんだもん」

「で？　木田《きだ》が行きそうなとこ、何かわかったわけ？」

「だったら、元《げん》くんちなんか来ないわよ!!」

なんかってなんだよ！　なんかって。

でも、ま、そうだな。瑠香《るか》の話を聞くまで、彼女が休んでいたことすら気にしてなかったし、ましてや誰《だれ》と仲良しなのかわかるわけがない。

「じゃあ、本人に聞くしかないんじゃないの？」

元《げん》が言うと、瑠香《るか》は首を傾《かし》げた。

「それで、本当のことを言ってくれると思う??」

「そっかぁ……」

元《げん》は大きくため息をついた。

同時に、瑠香《るか》もため息をつく。

「なんかさ。恵理《えり》ちゃんって……保育園《ほいくえん》時代と性格《せいかく》変わったと思わない?」

「んー、そうか?」

「泣き虫なのは変わりないけど。前はもっと明るかったというか、もっと友達《ともだち》の輪に入ろうとしたと思うんだ。最近の恵理《えり》ちゃん、まるで新しく友達作ったりするの、いやがってるみたいに見える」

「ふうむ……」

ふたり、ぼんやりと窓《まど》ガラスの外の淡《あわ》い空色を見ながら、ほぼ同時につぶやいた。

「困《こま》った時は、やっぱり夢羽《むう》しかないよね?」

「こんな時は、やっぱ茜崎《あかねざき》しかないいな」

3

庭のすみに、ひときわ大きく枝《えだ》を張った大木がある。

鳩《はと》よりも二回りくらい小さな灰色《はいいろ》の鳥がその木の枝から見下ろしていた。

その真下にいる大きな猫《ねこ》……まるで小さな豹《ひょう》のような猫がアーモンド型の目を光らせ、鳥を見上げていた。

両者のにらみ合いはすでに三十分を経過《けいか》している。

猫は考えていた。

単純《たんじゅん》に木を登っていっても、当然逃《に》げられてしまう。

いくら敏捷《びんしょう》な自分でも、無理だろう。

鳥もとっくの昔に猫の存在《そんざい》に気づいている。あえて逃げないのは、逃げる自信が百パーセントあるからだ。だから、猫をからかうために、こうしてのんびりとひなたぼっこをしているのだ。

しかし、往々《おうおう》にしてこの油断《ゆだん》が命取りになることを鳥は知らない。

猫《ねこ》は、スッとその場を離《はな》れた。

鳥は猫が立ち去るのを見下ろし、小首を傾《かし》げた。

なんだ、もうあきらめたのか……。

そう思っている間に、猫は背後《はいご》の石壁《いしかべ》の裏《うら》に回りこんでいった。そこから、鳥を狙《ねら》おうという作戦だ。

壁をかけあがり、ジャンプ一発、一気に勝負に出る。

後ろ足の筋肉《きんにく》を収縮《しゅうしゅく》させ、かけあがる準備《じゅんび》を整えた時だ。

「あらー、ラムセス！　そんなところで何してるのぉ？」

キィーっと自転車のブレーキの音。

同時に、バっと鳥が羽音をたて、空高く飛んでいってしまった。

ふうぅ。

猫もため息をつく。

苦々しげに、ラムセスと呼《よ》ばれた猫は声のしたほうを見た。

自転車に乗った瑠香《るか》を見て、気を取り直した彼《かれ》は、「にゃーん！」と、見かけによらずかわいらしい声をあげた。

瑠香《るか》は家でも猫《ねこ》を飼《か》っているから、猫の扱《あつか》いには慣《な》れている。

軽やかにかけよったラムセスを瑠香《るか》は重たそうに抱《だ》き上げた。

その後ろから元《げん》がやってきて、自転車から降《お》りた。

「かぁーわいい！　ラムセス、ご主人はどこにいる？　おうち？」

瑠香《るか》がそう聞くと、ラムセスはトンと瑠香《るか》の腕《うで》のなかからジャンプ。壊《こわ》れた壁《かべ》の裂《さ》け目から庭を突《つ》っ切り、玄関《げんかん》へ走っていった。


荒《あ》れ放題だった庭が一部分だけ整っている。

パセリやミントなどのハーブが植えられているのだ。

ドアが開き、背《せ》の高い女の人がヌーっと現《あらわ》れた。手には、大きな緑色のジョーロ。

短い髪《かみ》はツンツンとあちこち寝癖《ねぐせ》だらけ、黒縁《くろぶち》の眼鏡越《めがねご》しに、瑠香《るか》や元《げん》を見て、目を大きく開いた。

「あーら、君たち。ボーイにガール！　夢羽《むう》の友達《ともだち》ね。彼女《かのじょ》はいるわよ。家のなか。さあさ、遠慮《えんりょ》しないで。イラッシャイ！」

彼女《かのじょ》はスウェーデン人と日本人のハーフで、ユマ・ウィルキンソン。日本名は塔子《とうこ》といって、夢羽《むう》の叔母《おば》である。

だから、ちょっと話し方がおかしい。

長い手足をまるでクモのように曲げ、元《げん》と瑠香《るか》を招《まね》き入れた。

「お邪魔《じゃま》しまーす！」

瑠香《るか》が元気に入っていく後ろに、元《げん》もくっついていく。

夢羽《むう》の家は古い古い洋館である。荒《あ》れ放題の庭をぐるっと囲む石壁《いしかべ》もところどころ壊《こわ》れているし、瓦礫《がれき》や石がゴロゴロしている。

二階建ての洋館もなんだか不気味で、洋風の窓《まど》の鎧戸《よろいど》やガラス窓もところどころヒビが入っていて、風が吹《ふ》くと、キィキィガタガタと悲鳴をあげる。

玄関《げんかん》を入ると薄暗《うすぐら》い玄関ホールがあり、吹《ふ》き抜《ぬ》けの天井《てんじょう》からは古ぼけたシャンデリアが下がっている。壁《かべ》には誰《だれ》なのかわからない肖像画《しょうぞうが》がいっぱいかかっていて、元《げん》たちを不躾《ぶしつけ》に見下ろしていた。

「夢羽《むう》！　元《げん》たちよ！」

洋館中響《ひび》きわたるような声。

決して大声というわけではないのだが、とにかくよく通る。

しばらくして、「わかったー」と、夢羽《むう》の細い声がした。

元《げん》と瑠香《るか》は一階のリビングに通してもらった。古ぼけたソファーが窓際《まどぎわ》に置いてあって、猫足《ねこあし》のテーブルの上には植木鉢《うえきばち》がひとつ。奇妙《きみょう》な植物が植えられてあった。

「こ、これ、なんて花だろう……？」

小さなトゲが無数についた緑色の二枚貝《まいがい》のような花（？）。

「さぁ……？」

瑠香《るか》に聞かれ、元《げん》が首を傾《かし》げていると、

「ディオネア」

と、声がした。

ふたりが振《ふ》り返ると、そこには両手に白いゴム手袋《てぶくろ》をした夢羽《むう》がいた。ラムセスが足音もたてずに走り寄《よ》る。

「ディオネア?」

元《げん》が聞くと、夢羽《むう》は小さくうなずいた。

彼女《かのじょ》のフルネームは茜崎夢羽《あかねざきむう》。元《げん》たちと同じクラスの女の子である。

小柄《こがら》で華奢《きゃしゃ》な彼女は、いつも寝起《ねお》きのようなボサボサの長い髪《かみ》をしている。しかし、透《す》き通った白い肌《はだ》といい、大きな夢見《ゆめ》るような瞳《ひとみ》といい、一度見たら忘《わす》れられないような美少女だった。

その上、教室では居眠《いねむ》りばかりしているのにクラスで二番目に成績《せいせき》がいい。

さらに、難事件《なんじけん》でもサラリと解決《かいけつ》してしまう。

「ハエトリグサとも言う。食虫植物だよ」

「え?? もしかして、ここでパクっと……?」

元《げん》がおっかなびっくり、その二枚貝《まいがい》のような緑色の葉を指さすと、夢羽《むう》はニヤリと笑い、いきなり元《げん》の手首をつかむと、その二枚の葉に強引にさわらせた。

「ぎゃぁっ!!」

大げさな悲鳴をあげ、元《げん》が手を引っこめる。

同時に、二枚の葉は閉《と》じていった。

「ひ、ひどいなぁ……もう！　指、食いちぎられるかと思った」

ハァハァと息をつく元《げん》を見て、瑠香《るか》が大笑いした。

「大げさだなぁ。ハエトリグサって言ってるじゃないの？　まさか食人植物じゃないでしょうに」

「こ、怖《こわ》いこと言うなよっ！」

元《げん》は小さなハエになって、この二枚の葉にはさみこまれ、ムシャムシャと食べられる図を想像《そうぞう》してしまった。

クスクス笑っている夢羽《むう》を見て、元《げん》はドキンとなった。

何の実験をしていたのか知らないが、ぶかぶかの白衣は夢羽《むう》の足下まである。白いゴム手袋《てぶくろ》といい、あごのところに引っかけた大きなマスクといい、美少女にはミスマッチな姿《すがた》だ。

だが、美少女というのはどんな姿をしていてもいいものだ。

夢羽《むう》はゴム手袋をはずした。

しかし……あ、あれ⁇

「茜崎《あかねざき》、ど、どうしたんだ、その手！」

元《げん》は夢羽《むう》の手を見て、びっくりしてしまった。五本指全部、血に染《そ》まったように真《ま》っ赤《か》なのだ。

「あ、ほんと。ケガしたの⁉ ま、まさか、やっぱり食虫植物に？」

瑠香《るか》も悲鳴のような声をあげた。

夢羽《むう》は、笑いながら首を左右に振《ふ》った。

「これ、血糊《ちのり》だ」

「血糊？」

「そう。作った。色も形状《けいじょう》も血にしか見えないけど、偽物《にせもの》なんだ。失敗した。最初から手袋《てぶくろ》をするべきだったな」

「へぇー……びっくりした。でも、なぜそんなもの作ってるの？」

瑠香《るか》がもっともな質問《しつもん》をしたが、夢羽《むう》はそれには答えず、手を洗《あら》いに行ってしまった。

その後ろ姿《すがた》を見て、瑠香《るか》が肩《かた》をすくめる。

「ほんと、謎《なぞ》よねぇ、夢羽《むう》って」

たしかに同感だと元《げん》も思った。

休日に血糊《ちのり》を作っている小学生だなんて！

しばらくしてもどってきた夢羽《むう》に、瑠香《るか》はテキパキと話をしていた。

元《げん》は、食虫植物がおもしろくってしかたない。指でちょっかいを出しては、ヒヤヒヤやっていた。

「ちょっとぉ！　何、ボーッとしてるの⁇　もう話は終わったのよ」

瑠香《るか》に言われ、元《げん》は目をパチパチさせた。

「お、終わったって……？」

「だから、恵理《えり》ちゃんの話」

「ああ……、で、どうなったわけ？」

「とりあえず、これから恵理《えり》ちゃんちに行ってみようかって。いろいろ考えてるより、直接《ちょくせつ》本人に聞くのが一番いいだろうって、夢羽《むう》が言うの」

「そっかぁ……って！　それ、オレが言った意見と同じじゃないか！」

元《げん》が真《ま》っ赤《か》な顔で言うと、瑠香《るか》は手を左右に振《ふ》った。

「元《げん》くんが聞くのと夢羽《むう》が聞くのとをいっしょにしないでよ！」

「な、な、なんだ、そりゃっ!!」

★捜索《そうさく》

1

恵理《えり》の家は、瑠香《るか》の住んでいるマンションより東。同じような建物がいくつか並《なら》んだ団地《だんち》のひとつ。

「3のAっていうと……どこだろう⁇」

瑠香《るか》が手帳を見ながら、団地の案内図を見ていた。

「これが3だから、こっちのA棟《とう》ってことかな」

元《げん》が言う。

何せ、みんな本当に同じような建物ばかりだから、さっぱりわからないのだ。

すると、それまで何の興味《きょうみ》もなさそうにしていた夢羽《むう》が自転車を停め、ツカツカと歩き始めた。

「ちょ、ちょっと待って、夢羽《むう》！」

瑠香《るか》があわてて後を追いかける。

「わかったの⁇」

すると、夢羽《むう》は建物のひとつを指さした。

彼女《かのじょ》の指さす先を見て、元《げん》も瑠香《るか》も口をあんぐり開けた。

なんと、建物の壁《かべ》に大きく「3―A」と書いてあったからだ。

恵理《えり》の家は3―Aの302号室。エレベーターはなく、外階段《かいだん》だけだ。

わっせわっせと昇《のぼ》っていくと、見覚えのある男の子が追い越《こ》していった。男の子は手に飛行機のオモチャを持っていて、「ぶ――ん！」と飛ばすふりをしながら階段をすごいスピードでかけあがっていった。

「あ、恵理《えり》ちゃんの弟じゃない？」

瑠香《るか》が呼《よ》び止めると、その男の子は手に持っていた飛行機をこっちに向けた。

小学二年生くらいで、前髪《まえがみ》を眉《まゆげ》毛より少し上でパチンと切りそろえている。飛行機の小さな刺《し》繍《しゅう》がついた青いシャツとジーンズの半ズボンという格好《かっこう》だった。

「うん」

「ああ、やっぱりね。恵理《えり》ちゃんいる？」

そう聞くと、男の子は首を左右に振《ふ》った。

「いない」

「なんだ、いないんだぁ……友達《ともだち》のところかな？」

「ううん、違《ちが》う」

「じゃあ、塾《じゅく》とか？」

「違うよ。恵理《えり》、ママにも言わないで、またどっか行ったんだ」

瑠香《るか》や元《げん》が驚《おどろ》いていると、男の子はまた「ぶ——ん！」と言いながら飛行機を高くかかげ、階段《かいだん》を昇っていった。しばらくして、乱暴《らんぼう》にドアを開く音と閉《し》める音が階上から響《ひび》いた。

「どうする？」

瑠香《るか》が振り返って夢羽《むう》に聞く。

一番後から階段を上がってきた夢羽《むう》が軽く首を傾《かし》げた時、バタンとドアが開く音がして、女の人があわてて出てきた。

「あ、瑠香《るか》ちゃん！　元《げん》くんも！」

恵理《えり》に少し似《に》た感じの顔。彼女《かのじょ》よりさらにふっくらした体型のおばさんは、サンダル履《ば》きでバタバタと降《お》りてきた。

「恵理《えり》、またいなくなっちゃったのよ。わたしがいろいろ聞きすぎたからかも！　お願い。捜《さが》してきてくれない？」

恵理《えり》の母親の八千代《やちよ》だ。

心配性《しんぱいしょう》なんだろう。今にも泣き出しそうな顔まで、恵理《えり》にそっくりだ。

話によれば、朝ご飯の時に、ついまた「どこに行ってるんだ」と聞いてしまって、瑠《る》香《か》の家に行ってる間に恵理《えり》はどこかへ行き、そのまま昼ご飯にももどってないという。

やはり手がかりは何もなく、あちこち電話してみたり、捜《さが》し回ってみたがわからないそうだ。

「最近、何か変わったようすはなかったんですか？」

夢羽《むう》が聞くと、八千代《やちよ》はびっくりした顔をした。

「ああ、恵理《えり》ちゃんママ、知らなかった？　彼女《かのじょ》、茜崎夢羽《あかねざきむう》って言って、推理《すいり》の天才なの。もしかしたら、恵理《えり》ちゃんの行ったところ、わかるかも！」

瑠香《るか》が簡単《かんたん》に紹介《しょうかい》すると、八千代《やちよ》は「ああ！」という顔になった。

「あなたね？　恵理《えり》も言ってたわ。すごい子が転校してきたんだって。……ええ、そうね。特に変わったことはなかったと思うけど。あ、でも、最近、よく保《ほ》育園《いくえん》時代の話をしてたかしら。あの頃《ころ》は良かった良かったって。だから、瑠香《るか》ちゃんに相談したんだけど」

なんだ、同じようなこと考えてるんだなと、元《げん》は内心苦笑した。

夢羽《むう》はそれを聞いて、うなずいた。

「じゃあ、ちょっとその辺を捜してみますよ。きっと遠くには行ってないでしょう。彼女、そんなに度胸《どきょう》のあるほうじゃないですよね？」

夢羽《むう》の大人《おとな》びた口調に、八千代《やちよ》はまた面食らった顔になったが、

「ええ、そうなんですよ。もうね。親が見てても、歯がゆいくらいに臆病《おくびょう》で。だから、学校を無断《むだん》欠席するなんて。心配で心配で……。すみません、お願いしますね」

と、まるで、大人相手に言うように言った。

「わかりました。もし、よかったら恵理《えり》ちゃんの顔写真とかありますか？　人に聞く時、写真があるとより正確《せいかく》に情報《じょうほう》が得られると思うのですが」

夢羽《むう》がそう言うと、八千代《やちよ》は「はいはい、ちょ、ちょっと待っててね」と、あわてて

家へもどり、しばらくして恵理《えり》の写真を一枚《まい》持ってきた。

瑠香《るか》もその風景は見覚えがある。

たしか、いっしょに行った移動《いどう》教室の時の写真だ。牧場をバックに、恵理《えり》が泣き出しそうな顔で笑っていた。

2

三人は、恵理《えり》の団地《だんち》を後にして歩き始めた。

「保育園《ほいくえん》というのはどこにあるんだ?」

夢羽《むう》が聞いた。

「えっと、ここのすぐ近くよ。ひまわり保育園って言って。行ってみる?」

瑠香《るか》が聞くと、夢羽《むう》はうなずいた。

「今のところ、手がかりはそれだけだからね。保育園に関係するところを回ってみよう」

ひまわり保育園《ほいくえん》は、恵理《えり》の団地《だんち》の西にある。

入り組んだ住宅地《じゅうたくち》のなかにある保育園で、今日《きょう》も園児たちでにぎわっていた。ピンクや黄色、空色……と、さまざまな色のペンキで塗《ぬ》られた塀《へい》に囲まれ、入り口には木の看板《かんばん》がかかっていて、大きく「ひまわりほいくえん」と書かれている。

狭《せま》い園庭《えんてい》には、砂場《すなば》やジャングルジムがあって、おそろいの園服を着た子供《こども》たちが遊んでいた。

「なつかしーい！　ほら、元《げん》くんがしがみついて、よく泣いてた柱があるよ！」

瑠香《るか》が保育園の建物のすみを指さした。

またよけいなことを言う……と、元《げん》はげんなりした。

たしかに、そこの柱にすがってよく泣いていた。しかし、それはほんの一時期のことで、一刻《いっこく》も早くきれいさっぱり忘《わす》れ去りたい過去《かこ》なのに。いや、今の今まで忘れていたというのに。

「もう知ってる人、誰《だれ》もいないね」

子供たちを追いかけ回している保育士《ほいくし》を見ながら、瑠香《るか》が言った。

「まぁね。だって、オレたちが通ってたの、四年も前だからなぁ」

「そうねぇ。すっかり浦島太郎《うらしまたろう》ねぇ」

その口調がまるでオバサンそのものだったので、元《げん》はプッと吹《ふ》き出《だ》した。

「なによぉ！」

「いや、別に。で、どうする⁇　聞いてみる？　何か」

「そうね……」

などと話している時、ゾロゾロと小さな子供《こども》たちが道を歩いてやってきた。保育士《ほいくし》がついていて、柵《さく》がついた四輪の手押《てお》し車みたいな乗り物を押している。そのなかには、歩くこともままならないような、小さな子供たちが四人。柵につかまって立っている子供もいれば、座《すわ》りこんでいる子供もいる。

夢羽《むう》にはすべてがもの珍《めずら》しいようだった。

「ここの園庭《えんてい》、狭《せま》いでしょ。だから、こうして一日に一度、近所の公園へ行くんだよね」

瑠香《るか》に説明され、夢羽《むう》は感心したようにうなずいた。

そして、ふと思いついたようにツカツカと保育士のひとりに歩み寄《よ》った。

ピンク色のエプロンをつけた若《わか》い女性《じょせい》で、栗色《くりいろ》の髪《かみ》がかわいらしい。彼女《かのじょ》は突然《とつぜん》、とびっきりの美少女が近づいてきたのでびっくりしていた。

「は、はい、何か⁉」

「つかぬことをおたずねしますが……、こういう女の子を見かけませんでしたか？」

夢羽《むう》は、さっき八千代《やちよ》から借りてきた恵理《えり》の写真を見せた。

若い保育士《ほいくし》は足にすがりついてくる子供《こども》をあやしながら、写真をジッと見つめた。

そして、左右に首を振《ふ》った。

「ううん、ごめんなさいね。見たことないわね。ねぇ、見たことない？　この子」

と、他の保育士にも声をかけてくれたが、結果はかんばしくなかった。

「ありがとうございました」

元《げん》たちも頭を下げて、保育園《ほいくえん》を後にする。

自転車を押《お》しながら歩き、元《げん》がつぶやいた。

「つくづく思うよな……保育園の頃《ころ》にもどりたいって。飯《めし》食って、保育園で遊んで、飯食って、公園で遊んで、おやつ食って……」

すると、横を歩いていた瑠香《るか》がフンと鼻で笑った。

「そんなこと、いつまでもやってたら人間、バカになる」

「そうかなぁ……？」

「そうよ！」

そりゃ元《げん》だってそうだろうとは思うけれど、こうも断定《だんてい》されると、むかっとする。

なんでこう、「そうね……わたしもそう思う」とか、優《やさ》しいことを言えないものか。

「そ、そりゃそうだけどさぁ……！」

と、言いかけた時、ぼんやり遠くを見ていた夢羽《むう》が元《げん》に聞いた。

「そうだ。保育園《ほいくえん》で行く公園って、決まってるのか？」

3

園児たちが行く公園は三カ所。

五部林《ごぶりん》公園、児童公園、花公園。どこへ行くにも、子供《こども》が歩くと十分くらいはかかりそうだ。

五部林《ごぶりん》公園というのは、以前、ちょっとした事件《じけん》が起こった公園である（くわしくは、『帰ってくる人形』収録《しゅうろく》の「公園は大さわぎ」を読んでくださいね）。

児童公園というのは、先に説明した通り、別名『タコ公園』と呼《よ》ばれている大きな公園。

花公園は、その名の通り、四季によって色とりどりの花が咲《さ》くきれいな公園である。

今は、チューリップが花盛《はなざか》りで、町の人たちの憩《いこ》いの場所になっている。

元《げん》たちは一番近い花公園から行ったが、恵理《えり》の姿《すがた》はなかったし、その辺の人たちに尋《たず》ねてみても、知らないという答えしか返ってこなかった。

「あーあぁ、なんか冷たいよね。興味《きょうみ》ないっていうか」

口をとがらせているのは、瑠香《るか》だ。

恵理《えり》の写真を見せても、「変な子供《こども》だな、あっち行け！」みたいな調子で追い払《はら》われたのを怒《おこ》っているからだ。

「でも、しかたないよ。だって、あいつらデート中だったんだろ？　よくまぁ、聞きに行けたよね。あんなにラブラブなのに」

元《げん》が感心するというより、あきれたように言うと、瑠香《るか》はまたも「ふん！」と言った。

次に向かったのは、タコ公園こと、児童公園だ。

「タコ公園にいるかもな……」

元《げん》がそうつぶやくと、瑠香《るか》がまた突《つ》っかかった。

「どうして？　何かコンキョでもあるわけ？」

「いや、なんとなく。オレ、タコ公園で遊ぶの一番好きだったからさ。江口《えぐち》は？」

聞き返すと、瑠香《るか》はあごに人差し指をたて、「うーん」と、空を見上げた。

「そだね。やっぱりタコ公園かな？」

「だろぉ？」

などとふたりが話していると、夢羽《むう》がポツンとつぶやいた。

「いいな……」

「え??」

「何??」

瑠香《るか》も元《げん》も自転車のスピードをゆるめ、目をパチクリする。

夢羽《むう》も彼《かれ》らに並行《へいこう》して走りながら、ふっと笑った。

「幼《おさな》なじみっていうのはいいなと思ったんだ」

「ええー？　ま、まさか、オレと江口《えぐち》が??」

「げぇぇぇ、やめてよねぇ!!　おぇぇぇえっ」

瑠香《るか》は大げさに吐《は》く真似《まね》をした。

吐くほどのことじゃないだろうに！　ったく、ほんとむかつくやつだ。

でも、大げさに嫌《いや》がってみせるふたりを夢羽《むう》は笑って見ながら言った。

「本人たちにはわからないことというのもあるもんだよ」

長い髪《かみ》が春風にふんわりとゆれる。

暖《あたた》かな日差しを受け、白い顔がほんのりピンク色に染《そ》まっている。元《げん》には、彼女《かのじょ》の美しさこそ、きっと本人にはわかってないことなんだろうなぁと思えた。

＊＊＊

一回転するほど勢《いきお》いよくブランコをこいでいる子供《こども》たち。砂場《すなば》で遊んでいる子供たち、そして、砂場の道具を取り合って泣いている子供たち、横でぼんやりしている子供やおしゃべりに夢中《むちゅう》の若《わか》いお母《かあ》さんたち……。

それらの風景は他の公園と大差ないのだが、とにかく真《ま》っ赤《か》なタコは異色《いしょく》だ。

まんなかにデーンとある巨大《きょだい》な赤いタコに、夢羽《むう》は目を丸くした。

「……す、すごいな」

自転車を自転車置き場に駐輪《ちゅうりん》し、三人はゆっくりとタコに向かって歩き出した。

「だろ？　これで、あのタコ、優秀《ゆうしゅう》なんだ。

いろんな風《ふう》に遊べて」

「そうそう。ただのタコじゃないよね！　ま、どこからどう見てもタコだけど」

と、タコタコ言いながら歩いていると、ベンチに座《すわ》って新聞を読んでいたおじさんが不機嫌《ふきげん》そうに元《げん》たちをにらみつけた。

元《げん》たちはなぜ自分たちがにらまれたか、おじさんの頭を見てすぐに理解《りかい》した。

頭も顔も、ツルツル、ピカピカ。

もし、タコと人間のハーフというのがいたら、きっとおじさんみたいな人のことを言うのかな？　と、彼《かれ》が聞いたらそれこそゆでダコのようになって怒《おこ》りそうなことを元《げん》は思った。

「あぁぁ!!」

その時、瑠香《るか》が隣《となり》で叫《さけ》んだ。

「あそこ！」

彼女《かのじょ》の指さす先を見て、元《げん》も「あああ！」と、声をあげた。

赤いペンキで塗《ぬ》られたタコのてっぺん。ハチマキをしている頭部に、女の子がひとりポツンと腰《こし》かけていたのだが、それが恵理《えり》だったからだ。丸顔で、ふっくらした肉まんのような柔《やわ》らかな頬《ほお》。クリーム色のトレーナーにジーンズという格好《かっこう》で、トレードマークの大きなカバンをしっかり抱《かか》えていた。

　びっくりした顔で、タコの上から瑠香《るか》たちを見下ろした。

「瑠香《るか》ちゃんに元《げん》くん……、あ、遊びに来たの？」

　夢羽《むう》もいるのに、夢羽《むう》のことは言わない。恵理《えり》だけじゃなく、夢羽《むう》はまだまだクラスメイトたちから煙《けむ》たがられているのだ。

　元《げん》と瑠香《るか》は顔を見合わせた。

　はたして、本当のことを言っていいものか、どうか。

　もし、自分たちだったら、自分の知らな

い間に親が友達《ともだち》に学校をさぼったことなどを相談してたら、絶対嫌《ぜったいいや》だと思うからだ。

捜《さが》している間は考えなかったが、こうして面と向かってみると、そのことが気になった。

しかし、夢羽《むう》がスっと前に出て、恵理《えり》を見上げた。

「お母《かあ》さん、心配してたよ」

そのストレートな言い方に、元《げん》も瑠香《るか》もアタフタした。

恵理《えり》の顔色がサっと変わる。

唇《くちびる》をかみ、目がうるうるしてくる。

やばい！　泣くぞ。

元《げん》がそう覚悟《かくご》した時、恵理《えり》がタコの上からポンと飛び降《お》りた。

小さな時には、ものすごく高く見えたタコの頭も、大きくなった彼《かれ》らには大した高さではない。

恵理《えり》は、困《こま》ったような怒《おこ》ったような、とても複雑《ふくざつ》な表情《ひょうじょう》で元《げん》たちを見た。

「ねぇ、恵理《えり》ちゃん、どうしたの？　何かあったの？」

瑠香《るか》が一歩進み出て、恵理《えり》の肩《かた》に手をかけて聞くと、ついに恵理《えり》の目に大粒《おおつぶ》の涙《なみだ》が浮《う》かんだのだった。

4

四人は、タコ公園の西にある砂場《すなば》前のベンチに腰《こし》かけた。

そこしか空《あ》いてなかったからだが、目の前では三歳《さい》から五歳くらいの子供《こども》たちが砂遊《すなあそ》びをしている。まるで一大事業のように、真剣《しんけん》な顔つきで、黙々《もくもく》とやっている。

そのようすをぼんやり眺《なが》めながら、元《げん》たちは恵理《えり》の話を聞いていた。

「瑠香《るか》ちゃんたちも気づいてたでしょう？」

「え？　何を？」

唐突《とうとつ》に聞かれて、瑠香《るか》はびっくりした。

元《げん》も首を傾《かし》げる。

恵理《えり》はハンカチをギュッと握《にぎ》りしめながら言った。

「今、わたし……クラスではずされてるじゃない？」

「はずされて……る？」

あまりにも意外な言葉に、瑠香《るか》も元《げん》も目をパチパチさせた。

夢羽《むう》だけは無表情《むひょうじょう》で風に吹《ふ》かれるまま、涼《すず》しげな目をしていた。

「つ、つまり……仲間はずれとか、いじめられてるって思ってるわけ？」

瑠香《るか》が聞くと、恵理《えり》はコックリうなずいた。

それを見て、瑠香《るか》と元《げん》はまたまた驚《おどろ》いた。あわてて両手を振《ふ》り、

「いやいや、そんなことないよ。絶対《ぜったい》ないって」

「うん、少なくとも、オレは知らないよ」

と、同時に言った。

恵理《えり》は泣き笑いを浮《う》かべて言った。

「まぁね。瑠香《るか》ちゃんと元《げん》くんは違《ちが》うかも。でも、裕美《ひろみ》ちゃんとか佐恵美《さえみ》ちゃんたち、わたしが近づくと、絶対話をやめるの」

目黒裕美《めぐろひろみ》と三田佐恵美《みたさえみ》たちというのは、恵理《えり》がずっと仲良くしているグループだ。

特に裕美《ひろみ》は、気も強く、体育でも大活躍《だいかつやく》する女の子で、みんなから一目置かれている。元《げん》は、女子の誰《だれ》と誰が仲良しで……などということは知らなかったが、瑠香《るか》はわかっている。てっきりうまくいっているものと思っていたので、びっくりした。

「そ、そうかなぁ？　それは考えすぎじゃない？」

瑠香《るか》が言うと、恵理《えり》は激《はげ》しく首を振《ふ》った。

「それは瑠香《るか》ちゃんが知らないからよ。必ずだよ？　絶対、わたしが来るとサっと話をやめて、で、コソコソと内緒話《ないしょばなし》するの。こっちを見てクスクス笑ったりして」

そう言いながらも、恵理《えり》はまた大粒《おおつぶ》の涙《なみだ》をポロポロこぼした。

「ひっどぉーい！　それ、ほんとだったら、ひどいよ。イジメじゃん！　プー先生に言いつけてやる！」

瑠香《るか》が怒《おこ》って言うと、恵理《えり》はあわてて首を振《ふ》った。

「だめよ！　絶対《ぜったい》、絶対、瑠香《るか》ちゃんやめて。そんなことしたら、後でもっともっといじめられるもん」

「でもぉ……。あのさ、恵理《えり》ちゃん、そのこと、裕美《ひろみ》ちゃんたちに言った？　もしかしたら勘違《かんちが》いかもしれないけど、なんか感じ悪いからやめてほしいとか」

「そんなこと、裕美《ひろみ》ちゃんに言えるわけないでしょ？」

うーむ。

たしかに、裕美《ひろみ》を相手にして、対等に渡《わた》り合えるのは瑠香《るか》くらいだ。オレだって絶対《ぜったい》嫌《いや》だ。

元《げん》はそう思った。

その時、三歳《さい》くらいの女の子が目の前でズデンと転んだ。

わぁーんと泣き出す。

「だいじょうぶ？」

瑠香《るか》がすぐにかけより、傷《きず》をみてやった。膝小僧《ひざこぞう》から血が出ている。

女の子は友達《ともだち》と来ているらしく、他の友達もかけよってきた。

「どうしよう……ティッシュ、持ってる？　元《げん》くん」

そう聞かれ、元《げん》は首を振《ふ》った。

「なによ。ティッシュくらい持ってなよ！」

いかにも『使えない人ね！』とでも言いたげに、瑠香《るか》が言う。

ちぇ、自分こそ、女のくせに持ってないのかよ……と、口をとがらせていると、恵理《えり》があの大きなカバンのなかから、ティッシュを出した。

いや、ティッシュどころか、消毒液《しょうどくえき》やコットンも出して、

「ちょっと痛《いた》いかもしれないけど、我慢《がまん》してね」

と言って、女の子の膝小僧を消毒し、少し大きめのばんそうこうを貼《は》ってやった。

「すごいね。恵理《えり》ちゃん、用意がいい！」

瑠香《るか》が感心して言うと、恵理《えり》は、一瞬《いっしゅん》だけとてもうれしそうな顔をした。

子供《こども》が行ってしまった後、瑠香《るか》が話を続けた。

「でもさぁ、言わなくっちゃわからないことってあると思う。ただこうして、知らないところでひとりポツンと泣いてたって、解決《かいけつ》しないでしょ」

たしかに正論《せいろん》ではある。

ただ、正論というのは時々、人を傷《きず》つけてしまう。特に、こうして弱気になっている相手には……。瑠香《るか》には理解《りかい》できない理屈《りくつ》だったが。

恵理《えり》は口をへの字にすると、「ごめん、もう行かなくっちゃ。ママが心配してる」と言って、家へ帰ってしまった。

「なぁーに？　あれ。ママが心配してるって……それ、言いに来たの、わたしたちじゃん」

瑠香《るか》が不満そうに言うと、元《げん》はまぁまぁとなだめた。

「そう言ってやんなよ。今、けっこう敏感《びんかん》になってるんだろうし」

すると、瑠香《るか》は大きな目をさらに大きくした。

「へぇー、元《げん》くんって優《やさ》しいとこ、あるんだね」

「ばーか。優しいとこ、だらけだろ！　だから、困《こま》ってるのに。みんな、わかってないんだから！」

元《げん》がブツクサ言ってると、夢羽《むう》がにっこり笑って言った。

「いや、わたしはわかってる」

元《げん》の顔が夕日のように真《ま》っ赤《か》になったのは言うまでもない。

★仲直り大作戦

1

「えぇぇー!?　そんなの、知らないよ。絶対《ぜったい》、考えすぎだよ！」

目黒裕美《めぐろひろみ》が目を三角にして言った。

翌日《よくじつ》も恵理《えり》が欠席だというのを知って、瑠香《るか》が思いきって裕美《ひろみ》に話したのだ。

案《あん》の定《じょう》、裕美《ひろみ》はいじめた覚えなんかないと、ツバを飛ばして主張《しゅちょう》した。

「だよね？」

三田佐恵美《みたさえみ》の他《ほか》、よく遊んでいる連中にも声をかけた。

みんなも同じようにうなずく。

「だいたいさぁ、恵理《えり》ちゃん、ふだんから泣き虫じゃん？　なんでもないのに、よく泣くもんね」

「そうだよそうだよ。瑠香《るか》ちゃん、だまされたんじゃないの？」

「だ、だまされたって！　どういうことよ。恵理《えり》ちゃんがわたしをだまして、何かおもしろいことでもあるの？」

「そ、そういうわけじゃないけどさー！」

「なんだなんだ？　ケンカか？　ケンカか？」と、呼《よ》ばれもしないのにバカ田《ダ》トリオが首を突《つ》っこむ。

担任《たんにん》のプー先生もやってきて、みんなの話を聞いたので、結局は、クラスみんなの問題ということになってしまった。

「先生も木田《きだ》のことはとても気になっていたんだ。そうか……江口《えぐち》、杉下《すぎした》、茜崎《あかねざき》、木田《きだ》に会いに行ってくれてありがとうな。何が原因《げんいん》なのか、おうちの人は全然わからないって言ってたし、先生が聞いても何も言ってくれなくてな。やっぱりそういうことか」

その時の授業《じゅぎょう》は道徳《どうとく》の時間だったのを急きょ変更《へんこう》し、恵理《えり》のことについてみんなで話す時間にしたのだ。

「でも、本当に恵理《えり》ちゃんだけ仲間はずれにしたり、イジメたりしてたんじゃないもん。

それ言ったら、バカ田《ダ》トリオのほうが、この前も恵理《えり》ちゃんのカバンのことはやしたてでました！」

日に焼けた顔の裕美《ひろみ》が不満そうに言うと、河田《かわだ》、山田《やまだ》、島田《しまだ》の三人が同時にワアワアと反論《はんろん》した。しかし、ただうるさいだけで、何を言っているかわからない。

「こら、静かにしろ！」

プー先生は三人の頭を軽くポンポンポンと出席簿《しゅっせきぼ》でたたいた。

そのタイミングの良さに、みんなクスクス笑った。

「そうか……どうだろう？　みんなはどう思うかい？　目黒《めぐろ》たちはいじめたつもりはない。でも、木田《きだ》はいじめられていると思ってる……そのことについて意見のある人」

そう言われても、誰《だれ》も手を挙げない。

顔を見合わせ、小声で話す声は相変わらず聞こえてくるのだが。

手を挙げずにアレコレ言うのはできても、きちんと発表するだけの意見はないというわけなのかもしれない。

「じゃあ、杉下《すぎした》。何か、ないか？　木田《きだ》の話を聞いて気づいたことでもいいぞ」

いきなり当てられて、元《げん》はゴクンとツバを飲みこんだ。

「え、えっと……」

みんなが注目する。

隣《となり》の席の夢羽《むう》も珍《めずら》しく起きていて（彼女《かのじょ》は授業中《じゅぎょうちゅう》ほとんど居眠《いねむ》りをしている）、元《げん》を見上げた。

「えっと……」

元《げん》はもう一度そう言うと、後ろ頭をかきながら言った。

「よ、よくわかんないけど……なんか。いじめられてるって思うと、なんでもないこともそう思えるとか、あるかなって」

「ほおほお……」

プー先生がうなずいてくれる。

クラスのみんなも「そうだよ！　考えすぎなんだよ！」「思いこみすぎ！」などと声が飛んだ。

元《げん》は少し調子を上げて、さらに続けた。

「あと……わかんないけど。いじめられてるって思うのはひとりだけど、たいがいその相手って複数《ふくすう》だから、えっと、人数多いと、やっぱ強いっていうか……」

しかし、続けているうちに何を言ってるのかわからなくなって、シドロモドロになってしまった。みんなは笑いながら、「何言ってるのかわかりませーん！」などとはやしたてた。

「あれ？　あれれ？」

と、元《げん》が立ったまま困《こま》っていると、斜《なな》め前の席の小林《こばやし》が立った。

「もしかしたら、杉下《すぎした》の言いたいことって……大勢《おおぜい》いるほうは、別にたいしたことないと思っていても、受けるほうはひとりだから、けっこうキツイっていうか。そういうこととかも。

たとえば、遅刻《ちこく》してしまった人に、『遅刻したんだって？』と、何の気なしに聞くってことはあると思うんだけど。十人から、十回『遅刻したんだって？』と聞かれたら、聞かれたほうはたまらんっていうか……。すごく責《せ》められてる気がすると思う。遅刻したっていう引け目もあってさ。でも、聞いたほうは別にたいした意味なかったわけで。

そういうことじゃないかな。違《ちが》う?」

縁《ふち》なしの眼鏡《めがね》がキラリと光る。

小林聖二《こばやしせいじ》は、クラスで一番成績《せいせき》が良く、

背《せ》もすらりとしてかっこいい。当然、女子にも人気がある。ただ、ちっとも偉《えら》そうにしないし、嫌味《いやみ》でもなく、気さくな人柄《ひとがら》が受けて、男子にも人望《じんぼう》があった。

そして、なぜか元《げん》とは仲がいい。

今も、きっと元《げん》のことをフォローしてくれるために、意見を言ってくれたんだろう。

元《げん》は「そうそう!」と何度もうなずきながら、内心「小林《こばやし》ぃぃ!」と感謝《かんしゃ》していた。

クラスのみんなも小林《こばやし》の話を聞いて、「なるほどね!」と、納得《なっとく》した。

「さすが小林《こばやし》くんだけあるよね!」

「ほんとほんと。小林《こばやし》くん、かっこいい！」

などと、ヤジが飛ぶ。

元《げん》はさっきまで感謝《かんしゃ》していたくせに、小林《こばやし》ばかりが持ち上げられ、少しおもしろくなかった。

ちぇ、オレだって同じこと考えてたのに。

2

「うんうん。杉下《すぎした》も小林《こばやし》も、いいところに気づいたな。たしかに、そういうところがあるかもしれない。それに、言ってるほうは別に悪気もなく、何気《なにげ》なく言ってても、言われる側にしてみればすごく傷《きず》つくってこともあるしな。特に、一対一じゃない時はそうだ」

プー先生は、子供《こども》たちの話を総括《そうかつ》するように話した。

さわがしかった子供たちも静かに聞いている。もしかしたら、自分たちにも覚えがあるのかもしれない。

プー先生は子供《こども》たちの顔を見回しながら続けた。

「先生な。少し前に旅行で塔《とう》に昇《のぼ》ったことがある。友達《ともだち》もいっしょに昇ったんだが、その友達、実は高所恐怖症《こうしょきょうふしょう》の気味があって。昇ったはいいが、降《お》りられなくなってしまったんだ。

先生は、たいしたことないのに、その友達が足をガタガタさせているようすを見て、妙《みょう》におかしくなってしまってね。

肩《かた》をツンと突《つ》つくだけで、大さわぎなんだよ。なんだかやたら楽しくなってしまって、ツンツンツンツンツン突《つ》いたんだな」

子供たちはゲラゲラ笑って、「ひっどーい！」「先生、人間じゃない！」「先生こそ、イジメだ、イジメだ！」と言いたてた。

先生も苦笑いをしながらうなずいた。

「そうだよな。ほんとだ。オレも、こりゃイジメだなぁって自分のことを思ったよ。でも、人間ってそういう……ある種、残酷《ざんこく》なところを持ち合わせた動物なんじゃないかな。

大の大人《おとな》がほんの少しのことでビビってるのを見て、もっと怖《こわ》がらせてやれって思うようなところがね」

これは、みんな思い当たる節《ふし》があった。

元《げん》もそうだ。何度もウンウンとうなずきながら聞いていた。

「ま、つまりだな。そういうところのある……欠陥《けっかん》だらけの動物なわけだよ、人間は。でも、こうして、傷《きず》ついてる木田《きだ》をどうにかしてあげたいなぁと思ってる、素敵《すてき》な動物でもある。わかるかな？」

先生の言い方に、みんなニヤニヤした。

瑠香《るか》が手を挙げて言った。

「恵理《えり》ちゃんのこと、やっぱほっとけないと思う。裕美《ひろみ》ちゃんたちもそうでしょ？　別にいじめてるつもりなかったんだとしても、こうして学校まで休んでるんだもん」

「そりゃぁ……わたしたちのせいでって言われたら、カチンとくるけど」

裕美《ひろみ》が言うと、佐恵美《さえみ》も困《こま》ったような顔で言った。

「謝《あやま》ったほうがいいかなぁ……？」

「えぇー？　なんで？　謝《あやま》る必要はないと思うよ？」

「うーん、だって誤解《ごかい》させちゃったんだし」

「誤解するほうが悪いって！」

裕美《ひろみ》はどうしても自分が一歩退《しりぞ》くなんてこと、できない性格《せいかく》らしい。だんだんと険悪《けんあく》なムードになっていきそうで、瑠香《るか》はあわてて言った。

「ごめん。とにかく、誰《だれ》が謝るとかそういう問題じゃなくって。恵理《えり》ちゃんが自信もてるようなこと、なんかできないかな。ほら、自分に自信あれば、そんな弱気なこと考えないですむと思うんだ」

「なんか偉《えら》そうな言い方！」

ボソッと裕美《ひろみ》がつぶやいた言葉が意外にもはっきりと聞き取れた。

「ちょっとぉ！　何？　その言い方。文句《もんく》あるなら、はっきり言えば？　だから、恵理《えり》ちゃん誤解《ごかい》したんでしょ？　っていうか、誤解じゃなくって、やっぱイジメなんでしょ!?」

瑠香《るか》はツインテールを振《ふ》り立て、机《つくえ》をバンッ！　とたたいた。

「うっさいなぁ！」

フン！　と、裕美《ひろみ》はそっぽを向く。

はぅぅぅ。

　こいつらの百分の一でも強気だったら、恵理《えり》も学校を休むなんてこと考えないですんだだろうに。

　元《げん》は小さくため息をつき、夢羽《むう》のほうを見た。

　彼女《かのじょ》はすっかり興味《きょうみ》を失ったのか、また熟睡中《じゅくすいちゅう》だった。

　クラスが騒然《そうぜん》となっている時、のそーっと立ち上がった男子がいた。

　クラス一大きな体と食欲《しょくよく》を持つ男、大木《おおき》登《のぼる》だ。

「あのぉー……なんか、お楽しみ会とかしたらどうかなぁって」

「お楽しみ会？　幼稚園《ようちえん》じゃねーんだぞ！」

島田《しまだ》がすかさず突《つ》っこむ。

「バカ田《ダ》！　静かにしてなさいよ！　それで？　お楽しみ会、どうして？」

瑠香《るか》が聞くと、大木《おおき》は恥《は》ずかしそうに続けた。

「んとぉー……ま、とりあえず楽しいかなぁって。幼稚園の時とかによくやったけど、最近やってないし。クラスのみんなといろいろするのも楽しいかなって思ったんだけど。親睦《しんぼく》を深めるっていうのか」

「ばっかじゃねーの？」

「意味なし、意味なし！」

またまたバカ田《ダ》トリオたちがはやしたてる。

でも、小林《こばやし》が「いや、けっこういいかも」と言ったもんだから、他の子供《こども》たちもだんだんと乗り気になってきた。

「木田《きだ》さんの得意なことをやったらどうだろう？　そしたら、自信を取りもどして、また学校に来ようって思うんじゃないかな。それに、そもそも彼女《かのじょ》がイジメられてるって思ったのは誤解《ごかい》だったんだし。そうだよね？」

ハンサムな小林《こばやし》にそう聞かれ、裕美《ひろみ》は思わずニコニコ顔で大きくうなずいた。

恵理《えり》の得意なものが何か。

それは誰《だれ》もわからなかったのだが、いくつかのグループに分かれ、何かおもしろいことをやってみようということになった。

手品をするんだとか、はやりの歌を振《ふ》り付きでやるんだとか。

だんだんと恵理《えり》のことはそっちのけで話が進んでいく。

プー先生も、後は子供《こども》たちが考えればいいだろうと思ったらしく、教壇《きょうだん》の横にある自分の席で宿題の丸付けを始めてしまった。

「もう。みんな、目的を忘《わす》れてるんだから！」

瑠香《るか》がため息をつくと、小林《こばやし》が笑った。

「まぁまぁ。木田《きだ》さんのことは、ぼくたちが何かすればいいんだから」

「そうだけどぉ……。で？　何かアイデア、あるんでしょ？」

すると、小林《こばやし》はパチっとウィンクした。

「まぁね」

こういうキザなことが嫌味《いやみ》なくできるのは一種の才能《さいのう》だと元《げん》は思った。

ちょっとふてくされている元《げん》に、小林《こばやし》が言った。

「それには、元《げん》の力が必要なんだ」

「はぁぁぁ??」

元《げん》は目をパチクリした。

3

翌日《よくじつ》のこと。

瑠香《るか》は、恵理《えり》を連れて夢羽《むう》の家へ行った。水曜日は四時間授業《じゅぎょう》なので、二時前には家に帰ることができたからだ。

「すごいね。ここが茜崎《あかねざき》さんの家なの!?」

荒《あ》れた庭に、ぼろぼろの壁《かべ》、年代を感じさせる洋館。

恵理《えり》も夢羽《むう》の家には興味《きょうみ》があるらしく、きょろきょろしている。

「ねぇ、瑠香《るか》ちゃん。ほんとにわたしも行っていいの⁇」

おどおどした声で恵理《えり》が聞く。

「あはは。だいじょうぶよ！　こんなうちだけど、お化《ば》けは出ないから安心してよ！」

瑠香《るか》は笑いながら、ドーンと恵理《えり》の背中《せなか》をたたく。

『こんなうち』とは、ひどい言い方である。

玄関《げんかん》に向かうふたりの前に、どこからともなくラムセスが現《あらわ》れた。

「きゃぁ‼」

恵理《えり》はびっくりして悲鳴をあげ、瑠香《るか》の背中《せなか》にしがみついた。

「だいじょうぶだってば。猫《ねこ》よ、猫！　ね、ラムセス！」

「ね、猫⁉　うそ、豹《ひょう》じゃないの⁇」

「ちがうわよ。こんな小さい豹《ひょう》、いるわけないじゃない⁉」

とはいえ、こんなに大きな猫もなかなかいない。

ラムセスは頭を瑠香《るか》の足にすりつけ、瑠香《るか》や恵理《えり》の足下をぐるぐる歩きつつ、八の字を描《えが》いた。

仕草だけ見ていると、たしかに猫《ねこ》にしか見えない。

恵理《えり》はおっかなびっくりラムセスを見ている。

その時、突然玄関《とつぜんげんかん》のドアが開き、なかから大木《おおき》がぬぅーっと顔を出した。

「わぁ！　び、び、びっくりした」

またまた恵理《えり》が声をあげる。

この声に、大木《おおき》のほうもびっくりしたようで、

「な、な、なに⁇」

と、後ずさりした。その拍子《ひょうし》にドアが閉《し》まる。

「まったく。何やってんだか！」

瑠香《るか》は苦笑しながら、ドアを開けた。

すると、どうだろう⁉

小学生には見えない大きな大木《おおき》の代わりに、今度は小柄《こがら》な美少女、夢羽《むう》が現《あらわ》れた！

まるで手品のようだ。

よくあるやつだ。檻《おり》のなかに入った虎《とら》が布《ぬの》をかけられ、1、2、3！　で、美女に変身！　という。

今度は瑠香《るか》もびっくり。恵理《えり》といっしょに「わぁっ！」と叫《さけ》んだ。

夢羽《むう》は首を傾《かし》げた。彼女《かのじょ》の後ろに大木《おおき》がいた。

「何やってんだよ！　もう用意はできてるぞ！」

元《げん》が家のなかで叫ぶ。元《げん》の隣《となり》には小林《こばやし》もいた。

みんなで、これから恵理《え り》と遊ぶ……ふりをして、ナゾナゾ問題を出して、答えをあらかじめ覚えさせようという魂胆《こんたん》なのだ。

で、それと同じ問題をお楽しみ会で出題する。

クラスのみんなは答えない。当然、恵理《えり》が次々と答えていく。みんなが感心して、恵《え》理《り》も自信を持つだろうと。そういう段取《だんど》りだった。

もちろん、恵理《えり》には、「みんなで遊べば気分も変わるよ！」とだけ言ってある。

それにしても、さっきからすごいカレーの匂《にお》いがしている。

きっと今日《きょう》も塔子自慢《とうこじまん》のカレーなんだろうなぁ……と、瑠香《るか》は思った。以前、ご馳走《ちそう》してもらったことがあるのだが、目から火をふくほど辛《から》かった。

夢羽《むう》の家がもの珍《めずら》しいらしく、キョロキョロしている恵理《えり》を引っ張《ぱ》って、瑠香《るか》はダイニングルームへと案内した。

「すごい……まるで遊園地のお化《ば》け屋敷《やしき》みたい！」

恵理《えり》が素直《すなお》な感想を言う。

たしかに、黒光りした木でできた大テーブルの上には、これまた大きな銀色の燭台《しょくだい》がドンと置かれ、恵理《えり》たちが座《すわ》るには高すぎる背《せ》もたれのついた古めかしい椅子《いす》がズラリと並《なら》んでいる。壁《かべ》には誰《だれ》だかわからない人たちの肖像画《しょうぞうが》が並び、天井《てんじょう》からはシャンデリアがぶら下がっている。

「さぁ、紅茶《こうちゃ》とシフォンケーキ！　これね、わたしの得意料理なのよ！」

塔子《とうこ》がワゴンの上に紅茶やケーキを載《の》せて登場。

恵理《えり》はまたまた目を丸くした。当然、夢羽《むう》の母親かと誤解《ごかい》したのだ。

すぐにそれがわかった瑠香《るか》が、

「塔子《とうこ》さんって言って、夢羽《むう》の叔母《おば》さんなんだって」

と、フォローした。

紅茶とケーキをごちそうになりながら、なごやかにバカ話をした。

こうしていると、恵理《えり》も普通《ふつう》なのだ。公園で泣き出した時の彼女が想像《そうぞう》できない。

ケーキを平らげた元《げん》に、瑠香《るか》が目配せした。

元《げん》はうれしそうにノートを広げた。

「じゃあ、そろそろ始めよっか!?」

ナゾナゾは得意ジャンルだ。いつも名推理《すいり》でみんなをびっくりさせる夢羽《むう》ですら、ナゾナゾは得意じゃない。元《げん》のことを尊敬《そんけい》のまなざしで見てくれるのだから、これほどうれしいことはない。

「第一問！　砂漠《さばく》で喉《のど》が渇《かわ》いて苦しんでいる虫がいる。なんだ？」

元《げん》が言うと、みんなはウーンウーンと考えこんだ。

最初に、パっと顔を上げたのは小林《こばやし》だ。

「はい！」

彼《かれ》は手を挙げた。

「はい、小林《こばやし》くん」

元《げん》が偉《えら》そうに小林《こばやし》を指《さ》すと、彼はにっこり笑って答えた。

「ミミズだね？」

「お、さすがだね。正解《せいかい》！」

「へへ。ちょっと特訓したからね！」

小林《こばやし》は縁《ふち》なし眼鏡《めがね》の端《はし》を持って笑った。美少年の彼がそんなポーズを取ると、実に絵になる。

「えー？　なぜミミズなの？」

瑠香《るか》が声をあげる。

元《げん》は得意げに言った。

「『み、水ぅー！』って、言ったんだよ。だから、ミミズ」

「げ、くっだんなーい！」

瑠香《るか》が言うと、みんなゲラゲラ笑った。

ナゾナゾの答えというものは、だいたい聞けば「なぁーんだ」というようなくだらないものばかりだ。

その時、夢羽《むう》はポツンとつぶやいた。

「ミミズは虫ではない」

「え？」

元《げん》が聞き返すと、小林《こばやし》が笑って言った。

「そうだね。正確《せいかく》に言えば、ミミズは虫じゃない。『環形《かんけい》動物』の一種だ。でも、虫だと言う人も多いよ。大地の虫という言い方をする人もいるくらいだから」

「へぇー！」

恵理《えり》が感心して、しきりとうなずいている。

よしよし！　いいぞいいぞ。きっと覚えられたはずだ。

元《げん》と瑠香《るか》は顔を見合わせた。

「じゃ、次の問題いくよ！　前に進ませてくれない家族は？」

元《げん》が言うと、みんな考えこんだ。

夢羽《むう》も小林《こばやし》も頭をひねっている。

「おとうさん、おかあさん、おねえさん、おにいちゃん、おとうと……」

大木《おおき》は思いつく限りの言葉を並《なら》べていたが、ハっと顔を上げた。

「お!?　わかったか？」

元《げん》に聞かれ、彼《かれ》は自信なげに答えた。

「お、おとうと……？」

「ええ??　なんでだよぉ！」

元《げん》に詰《つ》め寄《よ》られ、大木《おおき》は大きな体をモジモジさせながら後ろ頭をかいた。

「なんとなく……」

「あのなぁ！　ナゾナゾになんとなくっていう答えはない。よーく覚えとけ！」

「ちぇ、ちょっと得意だからって、偉《えら》そうじゃない？　元《げん》くん。で、答えは何？」

瑠香《るか》が聞いた時、夢羽《むう》が顔を輝《かがや》かせた。

「わかった！」

「おお、なになに？」

みんなが注目するなか、夢羽《むう》は答えた。

「『通さん』……だから、『とうさん』？」

「おおおお!!」

「なーるほどぉー!!」

みんな、感心したと同時に、気が抜《ぬ》けてため息をついた。やはりくだらない。あまりのくだらなさに、ため息しか出ない。

夢羽《むう》は顔を真《ま》っ赤《か》にして、恥《は》ずかしそうに笑った。

そのようすがむちゃくちゃかわいくって、元《げん》も顔を真っ赤にした。

「何、赤くなってんのよ！　ほら、次次!!」

瑠香《るか》に言われ、元《げん》はどんどんナゾナゾを出していった。

「おとうさんとおかあさんとおにいさんとおねえさんに、ダジャレを言ったら、ひとりだけ笑ってくれた。誰《だれ》だ？」

というナゾナゾの時、ついに恵理《えり》も答えた。

正解《せいかい》は「おかあさん」。「ハハ」と笑ってくれたというわけ。

だんだんとナゾナゾのこつがつかめてきたらしい。

「はぁ……おもしろかった！　ねぇ、どう？　けっこう楽しいでしょ？」

瑠香《るか》に言われ、恵理《えり》もうれしそうに何度もうなずいた。

そこに、塔子《とうこ》が再《ふたた》び現《あらわ》れた。

「さあさ！　みんな。ちょっとずつだけど、特製《とくせい》カレー食べてって！　ご飯少なめにしてあるから、育ち盛《ざか》りのユウたちなら、帰ってからもディナー食べられるでしょう。ほら、手伝《てつだ》って！」

「はひー!!」

何度か食べたことのある元《げん》や瑠香《るか》でも、毛穴《けあな》から辛《から》い辛い蒸気《じょうき》が吹《ふ》き出る感じがした。

それくらいに辛《から》い！

子供《こども》たちは真《ま》っ赤《か》な顔をしたり、真《ま》っ青《さお》な顔をして、ひーひー言いながら、辛い辛いカレーを食べた。

しかし、不思議なもので。食べれば食べるほど、だんだんクセになっていく。

最初のうちは口のなかの感覚もなくて、目から火が出るような思いをしていたのに、おいしいと感じるようになってくるのだ。

家で母親が作るカレーとはぜんぜん違《ちが》う。

「もしかして、おいしいかも!!」

ハンカチで汗《あせ》をぬぐいながら、恵理《えり》も喜んだ。

「うまいっす！　お代わり、ありますか？」

大食いの大木《おおき》はひとりで何杯《なんばい》もお代わりをしている。

みんなでハフハフ言って食べたカレー……。

このことが、後でとんでもないことを引き起こすことになるとは。誰《だれ》も予想《よそう》だにしなかったのである。

★お楽しみ会

1

そして、いよいよ「お楽しみ会」当日。金曜日の五、六時間目の総合《そうごう》の時間をプー先生が「お楽しみ会」にしてもいいと言ってくれたのだ。

恵理《えり》に悟《さと》られないよう、みんなただの「お楽しみ会」のふりをしていた。

「恵理《えり》ちゃん！　早く早く！」

裕美《ひろみ》や佐恵美《さえみ》たちが恵理《えり》を呼《よ》ぶ。

彼女《かのじょ》たちのグループは、今流行の歌を歌うことになっていた。

瑠香《るか》が裕美《ひろみ》に「ちゃんと恵理《えり》ちゃんも仲間に入れてあげてね」と念を押《お》したのだが、裕美《ひろみ》は裕美《ひろみ》で考えていたらしく、「そんなことはわかってる！」と瑠香《るか》をにらみつけた。

もちろん、そんなことでは動じない瑠香《るか》。

「上等じゃない？　頼《たの》んだわよ！」と、裕美《ひろみ》をにらみ返したのだった。

休み時間に何度も練習したので、息も合ってきた。簡単《かんたん》な振《ふ》りも付けて歌う予定なのだが、どうしても佐恵美《さえみ》が右足と左足を間違《まちが》えてしまう。

「また間違えた！　もう！　佐恵美《さえみ》、運動オンチ！」

裕美《ひろみ》が言うと、佐恵美《さえみ》は「ふぇーん！」と泣き真似《まね》をしてみんなを笑わせた。

その輪のなかに遠慮《えんりょ》がちに入っている恵理《えり》も楽しそうに笑っていた。

そんな彼女《かのじょ》を見て、瑠香《るか》はほっとしていた。

「ねぇ、いい感じじゃん？　恵理《えり》ちゃん。後は、ナゾナゾで一気に自信を取りもどしてもらわなくっちゃ」

「わかった。この前出した問題をうまく混《ま》ぜるからさ。でも、他《ほか》のやつらが答えるより前に答えてもらわなくちゃいけないんだけど。その辺、わかってるかな？　みんな。特に、あいつらが心配だ」

元《げん》があごをクイっと突《つ》き出して示《しめ》したのは、もちろん、バカ田《ダ》トリオのことだ。

彼《かれ》らは手品を披露《ひろう》するんだといって、ヘンテコな帽子《ぼうし》をかぶり、家から持ってきた風《ふ》呂敷《ろしき》をマント代わりに着こんで、怪《あや》しげな踊《おど》りを踊っている。

するとと、夢羽《むう》が言った。

「その点は心配ない。あんな難《むずか》しい問題、彼《かれ》らが答えられるわけない」

それには元《げん》も瑠香《るか》も、そして小林《こばやし》も大木《おおき》も苦笑してしまった。大人《おとな》顔負けの推理力《すいりりょく》を持った彼女《かのじょ》が、たかがナゾナゾに「あんな難しい問題」というところがおもしろかったからだ。


「おい！　野郎ども！　そろそろ『お楽しみ会』をブッ始めるぜ！」

海賊映画《かいぞくえいが》を見たばかりの河田《かわだ》は、ノートの切れ端《はし》で作った眼帯《がんたい》をして、自分の椅子《いす》に片足《かたあし》をかけ、大声で言った。

問題児の彼なのに、なぜか委員長でもあるのだ。

プー先生は子供《こども》たちにすべてを任《まか》せ、自分は教壇《きょうだん》の横の机《つくえ》で内職《ないしょく》中。宿題の作文の添削《てんさく》と感想を書きこむ作業に没頭《ぼっとう》していた。

そのせいか、河田《かわだ》に威厳《いげん》がないためか、子供たちはちっとも席に着く気配がない。

「ねぇ、早く始めない？　グズグズしてると、時間なくなっちゃうよ！」

瑠香《るか》が大きな声で言って初めて、ざわついていた子供《こども》たちもようやく席に着いた。

やはり陰《かげ》の委員長は瑠香《るか》だなと元《げん》は思った。

こうして、やっと始まった「お楽しみ会」。

バカ田《ダ》トリオによる手品は失敗だらけ……というか、本人たちが先に種をばらしてしまったり、やってる途中《とちゅう》で意味もなく笑い出したりして、楽しいのは当人たちだけという最悪な状態《じょうたい》だった。

恵理《えり》も参加した裕美《ひろみ》たちの歌と踊《おど》りは、そこそこ受けた。やっぱり佐恵美《さえみ》は本番でも出す足や手がみんなと逆《ぎゃく》だったが。

恵理《えり》はまだまだ遠慮《えんりょ》がちだったが、裕美《ひろみ》の横でけっこう楽しそうに歌っていた。

他《ほか》には、男子たちによるラップとブレイクダンス。これは、ステージが狭《せま》すぎて、よくわからなかった。それに、バカ田《ダ》トリオたちと同じく、当人が恥《は》ずかしがったり照れ笑いしたりしたから、どうにもしまりのないパフォーマンスになってしまった。

指人形による人形劇《げき》や最近流行の漫才《まんざい》もどきもあって、なごやかに会は進んでいった。

そして……ついに、元《げん》の「ナゾナゾ」の出番になった。

大木《おおき》と小林《こばやし》もいっしょに教壇《きょうだん》に立つ。

「では、これからナゾナゾをします。答えがわかった人は手を挙げてください。指《さ》された人が答えてください」

元《げん》が言うと、みんな静まりかえった。恵理《えり》に自信をつけてもらうための「お楽しみ会」だったことを、やっと思い出したのだろう。

みんなクスクス笑ったり、肘《ひじ》で突《つ》っつき合ったりしている。

「まずいな……このままじゃ、バレちゃうよ。元《げん》、早いとこ、問題を言ったほうがいい」

小林《こばやし》から耳打ちをされ、元《げん》もあわててう

なずいた。

「じゃあ、第一問！」

元《げん》が大きな声で言うと、再《ふたた》び子供《こども》たちは黙《だま》った。

「砂漠《さばく》で喉《のど》が渇《かわ》いて苦しんでいる虫がいる。なんだ？」

問題を聞き、大木《おおき》が黒板に大きく書いていく。

子供たちは顔を見合わせ、首をひねった。夢羽《むう》が指摘《してき》した通り、案外、みんなわからないようだった。

しかし、それより問題なのは恵理《えり》も首をひねっていることだ。

（う、うそだろ!?）

（どうしたんだ？　木田《きだ》、答えられるだろうに）

（もしかして、恥《は》ずかしがってるとか？）

小林《こばやし》と元《げん》は顔を付き合わせ、弱り切った。

恵理《えり》がここで答えてくれなければ先に進まない。他《ほか》の子供たちもざわつき始めた。

「おいおい、誰《だれ》かさん、答え知ってるんじゃないの？」

などとあからさまに言う子供《こども》さえいた。

「はい!!」

と、そこに瑠香《るか》が手を挙げた。

「はい、江口《えぐち》……いや、江口《えぐち》さん」

元《げん》にあてられ、瑠香《るか》は立つと、

「答えは、ミミズです！」

と、答えた。

「はい、正解《せいかい》です」と、しかたなく元《げん》も言う。

子供たちは、なんで瑠香《るか》が答えるんだ？　と、顔を見合わせた。

「おい、そんで？　なんで『ミミズ』なんだよ！」

バカ田《ダ》トリオのひとり、山田《やまだ》が聞いた。

「『み、みずぅ……』って言ったの。喉《のど》が渇《かわ》いてるから。だから、『ミミズ』」

瑠香《るか》が説明すると、みんなドっとため息をつき、ゲラゲラ笑い出した。

「ばっかでぇー!!」

と、島田《しまだ》が言えば、山田《やまだ》も河田《かわだ》も節《ふし》まで付けて、

「ばっかでぇ～～♪」

「ばっかでぇ～～♪」

と、はやしたてた。

瑠香《るか》は真《ま》っ赤《か》な顔をして、思わず小声で恵理《えり》に詰《つ》め寄《よ》った。

「ねぇ、恵理《えり》ちゃん！　恵理《えり》ちゃんもわかってるでしょ。どうして答えないの？」

すると、恵理《えり》は小刻《こきざ》みに首を振《ふ》り、手も振った。

「わ、わかんないのよ！」

「うっそ。この前、夢羽《むう》の家でやったじゃない？」

「そ、そうだっけ？　そうだったような気もするけど……なんか、あのすっごい辛《から》いカレー食べて、全部忘《わす》れちゃったんだもん！」

この一言に、瑠香《るか》も元《げん》も小林《こばやし》も大木《おおき》も、ふーっと気が遠くなっていくような錯覚《さっかく》を覚えた。

なんと、恵理《えり》はあの時に初めて食べた塔子《とうこ》特製《とくせい》激辛《げきから》カレーのおかげで、ナゾナゾの答

えなどどこかに飛んでしまったのだという。

結果、ナゾナゾ大作戦は大失敗。みんな「なんだったんだ?」と顔を見合わせている

だけで、盛《も》り上がりもしない。

肩《かた》を落として席にもどってきた元《げん》が、

「ちぇ、あんな激辛《げきから》カレー食べなきゃよかった……」

と、一言もらした時だった。

クラス中が驚《おどろ》くような事件《じけん》が起こった。

2

「なんなんだ? その言い方!」

元《げん》の隣《となり》の席の夢羽《むう》が突然《とつぜん》、低い声で言い出したのだ。

低いけれど、よく通る……凜《りん》とした声。だから、クラス中のみんなが驚いた。

「え……??」

わけがわからないのは元《げん》だ。

夢羽《むう》は、元《げん》をにらみつけたまま言った。

「人の家に来て、ご飯までご馳走《ちそう》になったっていうのに、その好意に対して、その言葉なのか？」

「え？　え？　い、いや、そ、そういうわけじゃないよ……」

元《げん》はしどろもどろに言《い》い訳《わけ》をした。

言い訳をしながら、夢羽《むう》の真意を計りかねていた。

いったいどうしたんだ??

こんなことを急に言い出すなんて、断然夢羽《だんぜんむう》らしくない！

「ちょ、ちょっと……夢羽《むう》！」

瑠香《るか》があわてて立ち上がろうとする。

しかし、それより先に夢羽《むう》は立ち上がると、いきなり元《げん》の手首をつかみ、ひねり上げた。

「い、いったたたたた!!」

元《げん》が悲鳴をあげる。

こんなに華奢《きゃしゃ》な夢羽《むう》のどこにこんな力があるんだ？　と思うくらいに、すごい力だった。

騒然《そうぜん》となるクラス。

「どうした!?」

「なんだなんだ!?」

「夫婦《ふうふ》ゲンカか？」

「うっそ、どうしちゃったの？」

「こわい！」

「元《げん》のやつ、また変なこと言ったんじゃねぇの？」

「元《げん》がチカンしたのか？」

事情《じじょう》がよくわからないまま子供《こども》たちが口々に言うもんだから、クラスは異様《いよう》な雰囲気《ふんいき》に包まれた。

「んー？　どうしたぁ？」

顔を上げたプー先生は、立ち上がり、夢羽《むう》と元《げん》にゆっくり近づいていった。

それを見た夢羽《むう》は元《げん》に近寄《ちかよ》り、耳元にささやいた。

「元《げん》、転んだふりしてくれ！」

「ええ⁇」

何がなんだかわけがわからない。

でも、どうやら夢羽《むう》には何か考えがあるらしいというのはわかった。

しかし、どうやったら「転んだふり」なんてできるんだろう？　芸人はよくやるけど。

ああ、あれでいいのかな？

元《げん》は自分の足をわざともつれさせ、ステンと転ぶマネをしようとした。だが、マネではなく、本当にガタン‼　と大きな音をたてて倒《たお》れてしまった。

「きゃあああ‼」

「なんだなんだ!?」

悲鳴をあげる女子、何が起こったのかわからず首を突《つ》っこむバカ田《ダ》トリオ。

「おいおい!!　だいじょうぶか!?」

プー先生があわててかけよる。そして、元《げん》を抱《だ》き起こした。

「おい、杉下《すぎした》。だいじょうぶか?」

もう一度声をかけられた元《げん》は足を押《お》さえてうめいた。

「い、いったたたた……!」

倒《たお》れた時に椅子《いす》で打ったんだろう。足に擦《す》り傷《きず》ができていて、血がにじんでいた。

「ほら、杉下《すぎした》、傷は浅いぞ、気をしっかり持て。保健《ほけん》委員、保健室に連れて……」

と、プー先生が言いかけた時、それまで

立ったままだった夢羽《むう》がきっぱりした口調で恵理《えり》に言った。

「恵理《えり》！　消毒液《しょうどくえき》とばんそうこう、持ってたよね？」

そう言われて、恵理《えり》は弾《はじ》かれたように立ち上がった。

そして、いつも持っている大きな大きなカバンを抱《だ》きしめ、こっくりうなずいた。

タコ公園の時と同じく、テキパキと消毒液、コットン、ばんそうこうなどを出そうとしたが、あわてていたものだから、カバンを取り落とした。

その拍子《ひょうし》に、大きく口を開けたカバンからさまざまなものをぶちまけてしまった。

3

お裁縫《さいほう》セット、鉛筆《えんぴつ》（2箱分）、消しゴム（10コ以上）、鉛筆削《けず》り（3コ）、風邪薬《かぜぐすり》、腹痛《ふくつう》の薬、非常食《ひじょうしょく》の缶詰《かんづめ》、水筒《すいとう》、枕《まくら》、氷枕、体温計、救急箱……。

ばんそうこうだけで何種類あるかわからない。

「わぁぁあ!!」

「な、なんだ、なんだ!?」

「すごぉーい……!」

最初、教室はシーンと静まりかえったが、誰《だれ》かが声を出したとたん、子供《こども》たちはさらに大さわぎ。

恵理《えり》はその場にうずくまって、泣き出してしまった。

「ほら、静かに! 木田《きだ》も泣かないで!」

プー先生の大声が響《ひび》く。

でも、そんなことくらいで静まるはずもない。

みんな転がり出たものを興味津々《きょうみしんしん》で見ていたが、たったひとりだけ落ちたものを拾い始めた者がいた。

夢羽《むう》である。

バラバラに散乱《さんらん》した鉛筆《えんぴつ》を一本一本拾い集めているのを見て、瑠香《るか》や元《げん》たちもあわてて拾い始めた。

それを見て、他の子供たちも手伝《てつだ》い、あっという間にすべてのものが恵理《えり》の机《つくえ》の上に積まれた。

まだ肩《かた》を震《ふる》わせて泣いている恵理《えり》に、夢羽《むう》がハンカチを差し出した。

「なぜ、こんなにたくさんのもの、毎日学校に持ってきてたんだ？」

恵理《えり》は、涙《なみだ》に濡《ぬ》れた目で夢《む》羽《う》を見て、ゴクっと喉《のど》を鳴らした。

「そうよ。教えて？　わたしも聞きたい」

と、瑠《る》香《か》が言う。

もちろん、子供《こども》たち全員の意見でもある。

「先生も聞きたいなぁ。怒《おこ》らないから、話してごらん」

プー先生が優《やさ》しく言うと、恵理《えり》は夢《む》羽《う》のハンカチで涙を拭《ふ》き、小さくうなずいた。

「わ、わたし……保《ほ》育園《いくえん》の頃《ころ》はそうでもなかったのに、小学校に入ってから、なんか友《とも》達《だち》と話すのが苦手になって……。どうしてなのかわからなかったけど、ちょっと強く言われたりすると、すぐ涙が出てしまって。それがすっごく嫌《いや》で。

でも、三年生の時、同級生の子がケガしちゃったんだけど、その時、わたし、たまたまばんそうこう持ってて。それ、あげたら、すっごく感謝《かんしゃ》されたんです。

その子とはいい友達《ともだち》になれそうだったんだけど、すぐ転校しちゃったから……」

と、そこまで話した時、河田《かわだ》がすっとんきょうな声をあげた。

「ああー！　わかった。木田《きだ》と同じクラスだった斉藤信子《さいとうのぶこ》だろお!?」

話の腰《こし》を折るなと、プー先生をはじめ、他の生徒たち全員ににらまれ、河田《かわだ》はすごすごと引き下がった。

恵理《えり》は話を続けた。

「……だから、いつでもどんな時でも、どんなことでも、困《こま》った人に何かできるようにって、いろいろと持ち歩くことにしたんです。そしたら、また友達、できるかもって。最初は裁縫《さいほう》道具とばんそうこうくらいだったけど、やっぱりコレもいるかな、アレもいるかなって考えてるうちに、どんどん増《ふ》えちゃって。最近はちょっと入れすぎだなって思ってたんだけど……それに、なかなか使う機会もなかったし……。

こんなの持ってるなんて知られたら、みんなに笑われちゃうと思って、カバンの中身教えなくって。だから、みんなからは変わり者とか言われちゃうし……」

と、そこまで話して、また恵理《えり》は涙《なみだ》が止まらなくなってしまった。

夢羽《むう》のハンカチを握《にぎ》りしめて泣いている恵理《えり》に、みんな黙《だま》りこんでしまった。

その沈黙《ちんもく》を破《やぶ》ったのは、やはり陰《かげ》の委員長、瑠香《るか》だった。

「恵理《えり》ちゃん、すごいよ。笑ったりなんかしないって。だって、誰《だれ》か困《こま》ってる人のために、持って歩いてたんでしょう？　わたし、誤解《ごかい》してた。恵理《えり》ちゃん、友達作りたくないのかなって。ごめんね！」

その言葉を聞いて、元《げん》は鼻の奥《おく》がツーンとなってしまった。
ヤ、ヤバイ！
このままでは、泣きそうだ！

必死に鼻を押《お》さえていたら、手に生ぬるい感触《かんしょく》&ポタポタとたれる赤い……。

「きゃあああああ!!　元《げん》くん、鼻血！！！」

瑠香《るか》に言われ、元《げん》は押さえていた手を見て叫《さけ》んだ。

「げげげげげ!!」

なんとなんと。両方の鼻の穴《あな》から真《ま》っ赤《か》な血が出ていたのだ。しかも大量に！

「ちょ、ちょっと、ティッシュ、ティッシュ!!」

瑠香《るか》が言うと、泣いていた恵理《えり》が大きなティッシュの箱をカバンから取り出し、「はい、これ!!」と元《げん》に渡《わた》した。

「すごい、恵理《えり》ちゃん。ティッシュ……箱で持ってきてたの?」

瑠香《るか》が感心して言う。

恵理《えり》はうれしそうに笑ってうなずいたのだった。

4

「恵理《えり》ちゃん、うれしそうだったね。元《げん》くん、お手柄《てがら》!」

放課後、みんなで帰りながら、瑠香《るか》が元《げん》に言った。

午後の明るい日差しを浴び、ランドセルが黒く光っている。

「そうだな。あんなタイミングで鼻血出すなんて、そうそうできないよ」

「うんうん！」

小林《こばやし》や大木《おおき》も感心して言う。

「やめてくれよ！　別に出そうと思って出したわけじゃないし」

元《げん》は真《ま》っ赤《か》になりながら言った。

まったく！　夢羽《むう》の前で、かっこ悪いったらない。

「ところで、茜崎《あかねざき》さん。元《げん》に突《つ》っかかっていったの、ワザとなんだろ？」

小林《こばやし》が後ろを歩く夢羽《むう》に聞いた。

景色《けしき》をぼんやり見ながら歩いていた彼女《かのじょ》は、夢《ゆめ》を見るような顔のまま笑った。

「やっぱりなぁー!!　もしかして、木田《きだ》さんのカバンの中身、わかってたとか？」

小林《こばやし》がつくづく感心したように聞く。

「いや、あんなにたくさんいろんなものを持っているのは知らなかった。ただ、消毒液《しょうどくえき》やばんそうこうを常備《じょうび》しているのは、前に公園で見て知っていたからね。きっといつでも持ってるんだろうと思ったんだ。ばんそうこうの一枚《まい》や二枚持ってても不思議じゃないけど、消毒液まで持っていたからさ」

夢羽《むう》が答え、瑠香《るか》も元《げん》も心の底から感心した。

同じ現場《げんば》に居合《いあ》わせながら、そんなことちっとも考えなかったからだ。

「それにしても……結果、ケガさせてしまって悪かった。ごめんなさい」

夢羽《むう》が元《げん》にぺこりと頭を下げた。

「え、え、え、え、えぇ??」

元《げん》は大あわてで、両手両足、ばたばたさせた。

「い、いや、いいよいいよ。オ、オレがうまく転べなかったのが悪いんだし、それに、たいしたケガじゃないしさ」

「そうよそうよ。あんなのケガのうちに入らないからいいの！」

と、瑠香《るか》。

ちぇ、おまえが言うなよ！　と、元《げん》が瑠香《るか》をにらんだ時、

「そうだな。ケガの功名《こうみよう》……とは、まさにこのことだな」

と、小林《こばやし》はオヤジクサイことを言った。ただし、元《げん》には意味がよくわからなかった。

「ケガのコウミョウ？」

聞き返した元《げん》に、小林《こばやし》はニコニコ笑って彼《かれ》のランドセルをドンとたたいた。

「いいから、いいから！　とにかく元《げん》はよくやったってことだ」

「ふうん……ま、いっか！」

「そうそ。いいのいいの。でも、夢羽《むう》……、元《げん》くんが運良く転んでケガしたからよかったものの、そうじゃなかったらどうするつもりだったの？　まさか自分でワザとケガするつもりだったとか？」

瑠香《るか》が聞くと、夢羽《むう》はペロっと舌《した》を出した。

「いや、これを使うつもりだったんだ」

そう言ってポケットから出してみせたのは、小さな赤い容器《ようき》。瞬間接着剤《しゅんかんせっちゃくざい》の容器に似《に》ている。

「なに？　それ」

首を傾《かし》げた瑠香《るか》の手を取った夢羽《むう》は、容器を押《お》しつけた。

「あっ!!」

みんなが注目するなか、瑠香《るか》の手の甲《こう》が赤く染《そ》まった。

「こ、これって……!?」

「あ、それ!!」

瑠香《るか》と元《げん》が大声で言う。

夢羽《むう》は笑ってうなずいた。

「そう。あの時実験していた血糊《ちのり》。やっと完成したんでね。試《ため》してみようと思って。ほら、すぐに取れるんだ」

彼女《かのじょ》はそう言って瑠香《るか》の手の甲《こう》をこすった。

すると、どうだろう!?

血はポロポロと粉状《こなじょう》になって消えてなくなったではないか。

「じゃあ、それを使うつもりだったんだね?」

「うん。でも、元《げん》が代わりにちゃんとケガしてくれたから用なしだったわけ」

からくりがわかって、みんな納得《なっとく》した。

夢羽《むう》が何の手だてもなく、あんなことをするとは思えなかったからだ。

みんなが感心しているなかで、元《げん》だけは微妙《びみょう》だった。

「ちぇ、なんかまるでアホみたいだな、オレ……」

ボソっとつぶやくと、瑠香《るか》はゲラゲラ笑った。

「そんなことないない！　ちゃんとその後、鼻血まで出したんだから！　えらいえらい！」

ちぇ、ちぇ！

ぶんむくれる元《げん》だったが、夢羽《むう》が言った。

「……でも、こんなことしなくって良かったかも」

「え？」

元《げん》が聞くと、彼女《かのじょ》はにっこり笑って言った。

「だって、恵理《えり》は、裕美《ひろみ》や佐恵美《さえみ》と歌、歌って楽しそうだったし」

「そっかぁ……」

元《げん》がウンウンとうなずく。

瑠香《るか》も隣《となり》でうなずいていたが、ふと真顔になって言った。

「でも、きっと……本当に解決《かいけつ》したんじゃないかも。今日《きょう》はうまくいったけど、まだまだいろいろあるよね」

その言葉を聞いて、小林《こばやし》も言った。

「そうだな。でも、キッカケにはなったかもしれない。とりあえず、彼女《かのじょ》がそんな思いをしていたんだってこと、みんなが知ったわけだしさ」

なんとなくみんながしんみりと黙《だま》りこんだ時だ。

ずっとニコニコしながら聞いていた大木《おおき》のお腹《なか》が、グゥゥ～と盛大《せいだい》に鳴った。

その音を聞いて、近くの塀《へい》の上に止まっていたカラスがカアカア！　と鳴いて、飛び立った。

まだまだ寒い春の日。

笑いながら歩く五人の影《かげ》が道に長く伸《の》びていた。

おわり

ラムセスは行方《ゆくえ》不明《ふめい》

★消えた猫《ねこ》

1

荒《あ》れ放題《ほうだい》の庭の片隅《かたすみ》。

雑草《ざっそう》の上に何の破片《はへん》だかわからない板きれが横たわっている。

その上に、汚《きた》く色が変わってしまった毛布《もうふ》を枕《まくら》にして、大きな猫がひなたぼっこをしていた。

一見、小さな豹《ひょう》のように見える珍《めずら》しい猫で、サーバル・キャットという種類だ。大きな耳とアーモンド型の大きな目、そして点々模様《てんてんもよう》が特徴《とくちょう》。

名前はラムセス。エジプトの猫なので、エジプトゆかりの名前を付けられている。

ちなみに、ラムセスとは古代エジプトの王様の名前だ。

平和そのものの風景に異変《いへん》が起きた。

彼《かれ》の鼻の頭にハエが止まったのだ。

ハエ自身、まさか自分が止まったところが猫《ねこ》の鼻の上だとは思っていない。

糸のように細めていた目を開いたラムセス。大きな瞳《ひとみ》をまんなかに寄《よ》せ、自分をむずがゆくしている正体を確《たし》かめようとした。

しかし、あまりに近すぎてよく見えない。

両手で顔をかきむしった。

ぶぅ〜〜ん……。

小さな羽を羽ばたかせ、ハエはようやく自分がとんでもないものの上に止まっていたことを知って、飛《の》び立った。

ラムセスは手を伸ばし、追いかけた。

さすがサーバル・キャット。ハエにも一瞬《いっしゅん》追いついた。羽をかすめる。

おっとっと……と、ハエが失速した。

そこを横殴《よこなぐ》りに殴ってたたき落とそうとしたが、危機《きき》一髪《いっぱつ》でハエは難《なん》を逃《のが》れた。

しかし、一難《いちなん》去ってまた一難。

逃《に》げのびたと思ったところが悪かった。

窓辺《まどべ》に植木鉢《うえきばち》が置いてあったのだが、そこに植えてあった植物……パンジーやらデイジーといったかわいらしい春の花なんかではない。

薄緑色《うすみどりいろ》の二枚貝《まいがい》のような形をした葉を付けた植物で、通称《つうしょう》「ハエトリグサ」という。

つまり、その二枚の葉でハエをはさみ、食べてしまうという食虫植物なのだ。

ムシャムシャと食べるわけではないが、きっと閉《と》じられた葉の間で、ハエは世の無《む》常《じょう》を感じていることだろう。

ラムセスは、そんなことなどおかまいなしだ。

突然《とつぜん》、目の前から獲物《えもの》が消えて、首を傾《かし》げた……その時だ。

「ちっちっちっ」

壁《かべ》の向こう側から変な声が聞こえた。

さっと振《ふ》り返る。

崩《くず》れかけた壁の裂《さ》け目から、ハンチングをかぶった若《わか》い男がニコニコ笑いながら、「ちっちっち」と、ラムセスを呼《よ》んでいた。

そんなチンケな呼《よ》び方に興味《きょうみ》を示《しめ》す彼《かれ》ではないのだが、男がひらひらさせている赤いものに反応《はんのう》した。

肉片《にくへん》ではないか？

しかも、ラムセスが大好きな牛のヒレ肉だ。もちろん、生《なま》。

ラムセスは顔を上げ、耳とヒゲをヒュっと前に向けた。目も大きく開かれる。

一度大きく伸《の》びをしてから、軽やかな身のこなしを見せ、男のほうへかけよっていった……。

2

「うっそ。それで、何日見かけてないの？」

夢羽《むう》の家に遊びに来た瑠香《るか》が、夢羽《むう》に聞いた。

ブカブカの黒いTシャツを無造作《むぞうさ》に着た夢羽《むう》は、斜《なな》め上を見つめて言った。

「うーん、一週間になるかな」

「なるかな……って！　心配じゃないの？　もしかして、どこかでケガして動けないのかもよ!?」

「そうだなぁ」

瑠香《るか》がヤイヤイ言っているのは、ラムセスのことだ。

夢羽《むう》の家でラムセスと遊ぶのが楽しみな瑠香《るか》。彼《かれ》がいないことにいち早く気づき、夢《む》羽《う》に聞いてみたところ、今のような返事だった。

「前にもそういうことあったのか？」

瑠香《るか》といっしょに遊びに来ていた元《げん》が聞くと、夢羽《むう》はウンウンとうなずいた。

「そんなこと、しょっちゅうだ。それに、彼は彼で自立してるからね。雀《すずめ》や鳩《はと》くらいなら捕《と》れるみたいだし。そのうち、帰ってくるだろう」

自分も猫《ねこ》を飼《か》っている瑠香《るか》には信じられない話だ。

彼女《かのじょ》の家にいる猫たちは、生《う》まれてこのかたマンションの外に出たことがない。自分でエサを捕るなんて、ひっくり返ったってできやしない。

翌日《よくじつ》……。

瑠香《るか》は元《げん》に言った。

「ねぇ、夢羽《むう》はあんなこと言ってたけど、やっぱり心配だよ。なんか胸《むな》さわぎもするし。わたしたちで捜《さが》さない？」

「うーん。でも、飼《か》い主の夢羽《むう》がだいじょうぶだって言ってるんだからさぁ」

と、元《げん》は最初乗り気ではなかった。でも、

「元《げん》くん、冷たいんだね！　いいよ、わたしひとりで捜すから！」

と瑠香《るか》に言《い》われ、しぶしぶいっしょに捜すことになった。

「そうこなくっちゃ！」

にっこり笑う彼女《かのじょ》を見て、元《げん》は（こいつ、確信犯《かくしんはん》だな……）と、舌打《したう》ちをした。

まぁ、ラムセスのことが心配じゃないかといったらウソになる。
二、三日ならまだいいが、一週間ともなれば、いくらラムセスでもおかしい。
瑠香《るか》が言うように、どこかでケガをして動けなくなっていたりしたら大変だ。

元《げん》は、だんだんと本気で心配になってきた。

しかし、ラムセスが行きそうな場所というのも知らない。

猫《ねこ》を飼《か》っている瑠香《るか》がこの方法は絶対《ぜったい》！　と言った方法を使ってもダメ。

それは、猫《ねこ》の缶詰《かんづめ》をスプーンでカンカンたたきながら歩くという方法だったのだが、ラムセスではなく他《ほか》の猫たちがゾロゾロ集まってきただけだった。

「うーん、ダメだなぁ？　おっかしいな。うちの猫なんて、この音、聞いただけでいくら熟睡《じゅくすい》してても、飛んで来るけどな」

瑠香《るか》がしきりに首を傾《かし》げる。

「ラムセスは猫の缶詰なんか食わないんじゃないの？」

元《げん》が言うと、瑠香《るか》もうなずいた。

「うん、そうかもね。何せ、特殊《とくしゅ》な猫だもん。生肉《なまにく》とか、レバーとか、そういうものを食べるのかも。夢羽《むう》に聞いておけば良かった！」

「ラムセスなだけにラム肉だったりして！」

元《げん》がダジャレを言うと、瑠香《るか》はさもバカにしたように、目を細め、小さく首を振《ふ》った。

しかし、あちこち、「ラムセス！　ラムセース！」と呼《よ》びながら歩き回ったが、見つからない。

「こんなんじゃダメっぽいな」

元《げん》が言うと、瑠香《るか》は顔を輝《かがや》かせた。

「ねぇ、峰岸《みねぎし》さんに相談しようか!?」

峰岸《みねぎし》というのは、以前の事件《じけん》で知り合いになったイケメン刑事《けいじ》のことだ。

瑠香《るか》が大好きな刑事だ。

「でも、猫《ねこ》の捜索願《そうさくねが》いって聞いたことないよ。それに、峰岸《みねぎし》さん、忙《いそが》しいだろうし迷惑《めいわく》だよ」

「うーん……そうねぇ。せめて、警察犬《けいさつけん》みたいなのがいればいいんだけどな」

「犬かぁ……」

クラスの何人かは、犬を飼《か》っている。

でも、ふたりの頭に浮《う》かんだのは別の犬だった。

「コーキチ！　久《ひさ》しぶり。元気だったぁー？」

瑠香《るか》が声をかけると、コーキチはビクっと耳を立てた。

以前、別の事件《じけん》で知り合った人の家で飼《か》っている雑種犬《ざっしゅけん》で、ひなたぼっこが生きがいだと公言してはばからないおじいさん犬だ（くわしくは『真夏の夜の夢羽《むう》』を読んでくださいね）。

だから、瑠香《るか》の元気な声を聞いて、正直あまり歓迎《かんげい》したい感じではなかった。

とりあえず、お義理《ぎり》でシッポをパタ……パタ……と振《ふ》る程度《ていど》。

何やらイヤな予感がしてならない。

「コーキチ！　あなたを犬と見こんでお願いがあるのよ。ほら、覚えてるでしょ？　ラムセスって。彼《かれ》が行方《ゆくえ》不明なの。ひと肌脱《はだぬ》いでよ！」

（いや、脱いでと言われても、この毛皮、一枚きりっすから……）

かなり当惑《とうわく》気味なコーキチのことなどかまわず、瑠香《るか》は彼《かれ》の飼《か》い主《ぬし》に挨拶《あいさつ》することにした。

「あら、あなたたち。どうしたの？　何かご用？」

コーキチの飼《か》い主《ぬし》、山本《やまもと》さんの奥《おく》さんがエプロンで手を拭《ふ》きながら現《あらわ》れた。

そして、用件《ようけん》を聞いて、コロコロ笑った。

「うちはいいわよ。いくらでも使ってちょうだい。コーキチなんかが役に立つとは思えないけど」

コーキチはゴクリと喉《のど》を鳴らした。

(ほんと、奥さんの言う通り、何をやらせようっていうのか知りませんが、役に立つとは思えませんよ!?)

目を引きつらせているコーキチにリードを付け、瑠香《るか》と元《げん》は彼《かれ》を連れ出した。

「で?　どうするんだ?」

元《げん》が聞くと、瑠香《るか》はきっぱり言った。

「とりあえず、ラムセスの匂《にお》いをコーキチに覚えてもらわなくっちゃ」

3

コーキチを連れて夢羽《むう》の家へ行ったふたりは、彼女《かのじょ》が留守《るす》だというのを彼女のおばさん、塔子《とうこ》に聞いた。

「ごめんなさいねぇー。今朝《けさ》、夢羽《むう》に手紙が来たのです。しばらくの間、自分の部屋《へや》で彼女、ひとりでいたんだけど、急に出かけてくるって。出たまんまよ。あーら、その犬、プリティ！　これ、あなたは欲《ほっ》しますか？」

塔子《とうこ》はそう言うと、ポケットからクッキーを取り出し、コーキチの前に置いた。

フンフンと匂《にお》いを嗅《か》ぎ、パクっと一口で平らげてしまう。

実は、瑠香《るか》たちには話してなかったのだが、さっきからお腹《なか》が空《す》いてしかたなかったのだ。

口のなかに広がる甘《あま》い香《かお》りにうっとりして、コーキチはパタパタとシッポを振《ふ》った。

「ワ、ワン！　ワワワンワン！」

「うっふふふ、この犬、正直者ねぇー。さあ、もうひとつあげます」

塔子《とうこ》はクッキーをもう一個《こ》コーキチにあげると、奥《おく》からラムセスが愛用しているという毛布《もうふ》を持ってきた。

「コレ、この上でいつも寝《ね》ているから、一番匂《いちばんにお》い、ついてるでしょう」

「あ、ありがとうございます!! ほら、コーキチ！ この匂い、覚えて!!」

しょせん、幸《しあわ》せなど、つかの間《ま》で過《す》ぎてしまうものだ。

コーキチは口のなかに残る甘《あま》いクッキーの余韻《よいん》を楽しむ間もなく、鼻面《はなづら》に獣臭《けものくさ》い毛布をぐいぐいと押《お》しつけられてしまった。

「キャ、キャイィン!!」

すごくイヤそうに顔をそむけるのだが、瑠香《るか》は許《ゆる》してなどくれない。

「ほら、もっとちゃんと覚えて！」

「なぁ……コーキチ、嫌《いや》がってるよ。なんかかわいそうなんだけど」

見かねて元《げん》が言うと、コーキチは救《すく》い主が現《あらわ》れたとばかりに元《げん》を見上げた。

（ぼ、ぼっちゃん！ さすが賢《かしこ》そうな顔をしたぼっちゃんだ。ちょっと、この人、どうにかしてくださいよ。警察犬《けいさつけん》の代わりなんて無理っすから！ だいたいあいつらは専門《せんもん》の訓練受けてるんでしょ？）

でも、コーキチの必死の願いはむなしく消えた。

「コーキチ、しかたないからさ。ラムセスをとっとと捜《さが》してくれよ」

元《げん》はそう言うと、コーキチの頭をなでてやった。

コーキチは信じられないといった顔で元《げん》を見た後、はぁぁぁっと大きなため息をついたのだった。

「あなたたち、これ、持っていくといいです！」

と、塔子《とうこ》からクッキーを詰《つ》めた袋《ふくろ》をもらい、まずは、近所の捜索《そうさく》をしてみた。

このあたりはうっそうとしげった森のようなところが多い。すぐ近くに五部林《ごぶりん》公園や和野戸《かずのこ》神社がある。

「ラムセース！」

「ラムちゃーん!!」

ふたりに連れられ、コーキチもいちおう、ふんふんとかぎ回りながら歩いていく。

「どう？　何かわかる？」

瑠香《るか》に聞かれ、コーキチは鼻の上にシワを寄《よ》せ、難《むずか》しい顔になった……つもりだった。

「だめねぇ！　もうちょっと真剣《しんけん》に捜してよね！　ほら！」

と、またまた獣臭《けものくさ》い毛布《もうふ》を鼻面《はなづら》に押《お》しつけられる。

（げ、ほんと勘弁《かんべん》！　それよりさっきのクッキーはどこに行ったんです？）

コーキチは伸《の》び上がって、瑠香《るか》のカバンの匂《にお》いをかいだ。

瑠香《るか》はサッとカバンを手で押さえた。

「クッキー欲《ほ》しかったら、ラムセスを捜してよ。そしたら、いくらでもあげるから」

その言葉がわかったのかどうか。

コーキチはさっきよりも真剣に捜索《そうさく》を開始した。

いつからあるのかわからないくらいに大きな木が立ち並《なら》ぶ通り。昼なお、少し暗い和《かず》
野戸《のこ》神社の近くに来た時、彼《かれ》はふと顔を上げた。

「わわわん!!」

急に吠《ほ》え始めると、ダッシュした。

「ラムセスがいたの⁉」

「いいぞ、コーキチ‼」

瑠香《るか》と元《げん》は期待に胸《むね》をふくらませ、鼻もふくらませつつ走った。

しかし、その先にいたものを見て、げんなりしてしまった。

犬を連れた山田《やまだ》一《はじめ》と長い髪《かみ》の男の子だったからだ。

「おう、おまえらも散歩か？　へっへっへ、仲いいな、あいかわらず」

子供《こども》っぽい顔をした山田《やまだ》は意地が悪そうに笑う。

隣《となり》にいた男の子はにっこり笑った。

「あ、吉田《よしだ》くん！」

瑠香《るか》が声をかけると、吉田大輝《よしだたいき》は少し照れくさそうに長髪《ちょうはつ》をボリボリやった。

彼《かれ》も元《げん》たちのクラスだが、今は不登校状態《じょうたい》なのだ。

でも、山田《やまだ》たち、バカ田《ダ》トリオと気が合ったらしく、時々こうして遊んでいるそうだ。

「オレたちが学校のことはみんな教えてるんだから、だいじょうぶだ。なぁ⁉」

と、山田《やまだ》たちが言うのを聞いて、瑠香《るか》も元《げん》も驚《おどろ》いたことがあった。

山田《やまだ》たちが教えてるのは、いったいなんなんだろう!?

山田《やまだ》が連れている犬は、吉田《よしだ》の家で飼《か》っているトイプードルだった。

淡《あわ》いクリーム色で、くるくるとウェーブした毛並《けな》み。黒々とした丸い目がかわいい。

「きゃー、かーわいい！　なんて名前？」

「デレクっていうんだ」

「へぇー、おもしろい名前。デレクー！」

動物好きの瑠香《るか》はラムセスのことなど、すっかり忘《わす》れてデレクと遊び始めてしまった。

その隣《となり》で、コーキチが「わんわん！」としきりに吠《ほ》える。

「うっせぇなぁ、そのバカ犬！」

山田《やまだ》が言うと、瑠香《るか》はデレクをなでながら、キっとした目で彼《かれ》をにらんだ。

「何《なに》よ！　バカっていうやつがバカなんだもの」

そして、わんわん吠えているコーキチに向かって言った。

「バカにバカって言われたって、ちっともくやしくなんかないよねぇ？　コーキチ！」

しかし、コーキチは瑠香《るか》のことなどおかまいなしで、デレクに向かって「ワンワン！

ギャンギャン！」吠《ほ》えたてる。

あんまりうるさいものだから、ついに瑠香《るか》も怒《おこ》った。

「こ、この……バカ犬!!」

もちろん、山田《やまだ》は大笑い。吉田《よしだ》も元《げん》も苦笑してしまった。

4

彼《かれ》らと別れ、ずっと先の愛子《あやし》が淵《ふち》公園まで行ってみたが、やはり影《かげ》すら見つけられなかった。

ベンチに腰《こし》かけ、コーキチにクッキーを分けてやりながら、自分たちもポリポリと食べる。

「でも、吉田《よしだ》くん、よかったね。たしかにバカ田《ダ》トリオは全員バカだけど、ああやって友達《ともだち》がいるっていいと思うな」

瑠香《るか》がしみじみと言う。

「そういや、吉田《よしだ》ってけっこう勉強できるんだって」

元《げん》が言うと、瑠香《るか》は「へぇ！」と声をあげた。

「そうなの？　じゃあ、なぜ学校に来ないんだろう……」

瑠香《るか》には、勉強ができないとかテストや宿題がイヤだという以外、学校に行かない理由が思い当たらないからだ。

「さぁね。オレたちにはわからない理由があるんじゃないかな？　それに、学校に行くだけが正解《せいかい》じゃないと思う」

元《げん》が真面目《まじめ》な顔でそう言うと、瑠香《るか》はふんふんとうなずいた。

「ま、そうだね。でも、学校も行ってみれば楽しいのにね。めんどくさいことも多いけど」

「まぁな」

ふたりはそんな話をした後、また道路にもどって、ラムセス捜索《そうさく》を再開《さいかい》。

しかし、コーキチもだんだんと疲《つか》れてきたらしく、歩調が遅《おく》れ気味になってきた。

「んもう。今休んだばかりなのに！」

瑠香《るか》が不満そうに言う。

「まぁ、そう言うなよ。コーキチだって、別に好きでこんなことやってるわけじゃないんだしさ」

元《げん》がフォローすると、コーキチは（よく言ってくれました！）と、元《げん》の顔を見上げ、シッポを振《ふ》った。

そして、また顔を上げ、「わんわん！」と吠《ほ》えながら走り出したではないか！

今度こそ!!

そう思《おも》って、元《げん》も瑠香《るか》も後を追いかけた。

しかし、コーキチの向かった先を見て、またまたガッカリした。

川沿《かわぞ》いの道にライトバンが停まっていて、その車体に「ホットドッグ」と書かれてあったからだ。

コーキチはラムセスを見つけたわけではなく、ホットドッグのおいしそうな匂《にお》いに釣《つ》られて走り出しただけだった。

「おや、ホットドッグかい？」

ホットドッグ屋のお兄《にい》さんが元《げん》たちに呼《よ》びかけた。

赤と白のシマシマの帽子《ぼうし》をかぶり、同じ生地のエプロンをかけている。

「いえ、違《ちが》います！」

瑠香《るか》がぶんぶん顔を左右に振《ふ》ると、ツインテールもクルンクルンと激《はげ》しくゆれた。

コーキチは土煙《つちけむり》を盛大《せいだい》にまき散らしながら、バタンバタンとシッポを振《ふ》って、期待に満ちた目でお兄さんと瑠香《るか》たちとを交互《こうご》に見ている。

お兄さんは笑って言った。

「でも、その犬は欲《ほ》しそうだなぁ。おい、ワン公。なんだったら、あったためてやろうか？

これが本当のホットドッグ……なんちゃって」

瑠香《るか》も元《げん》も笑う気力もない。

「行こうか」

「そうだね……」

ギャグがすべったまま、放置されるほどむなしいことはない。

コーキチだけが未練がましそうに、何度も振り返っている。

ホットドッグ屋のお兄《にい》さんは、その姿《すがた》を見送り、なんとも悲しげな顔でため息をついたのだった。


そして……元《げん》たちの通う銀杏《いちょう》が丘第一《おかだいいち》小学校の校門前に来た時だ。

またまたコーキチが「わんわん」言いながら、走り出した。

「まぁーたぁ！　今度は何？」

瑠香《るか》がうんざりした顔で言う。

かわいそうに、コーキチはすっかり信用を失っていた。

しかし、向かった先のブロック塀《べい》の上を見て、元《げん》が叫《さけ》んだ。

「ラムセスじゃないか!?」

5

そう。

学校の校門のすぐ横にある雑貨屋《ざっかや》。後ろに住居《じゅうきょ》があるのだが、そこのブロック塀《べい》の上に、豹《ひょう》のような大きな猫《ねこ》がいた。

器用にバランスを取りながら、四本の足で、自分の体よりも狭《せま》いブロック塀の上を歩いている。

間違《まちが》いなくラムセスだ。

「わんわん、わわわん!!!」

コーキチがラムセスを見上げ、吠《ほ》えたてると、彼《かれ》はチラっと下を見て、ふふんと苦笑した。

……いや、猫が笑うことはないだろうが、元《げん》にはそう見えた。

「ラムセス! こんなところにいたの!? 心配したんだよ!」

瑠香《るか》が声をかけると、ラムセスはヒョイと振《ふ》り返って、なんともかわいらしい声で「にゃぁ~ん!」と鳴いた。

そして、トットットット……と、瑠香《るか》のほうにかけより、ゴロゴロ言いながら首の後ろあたりをブロック塀にこすりつけた。

「あなた、お腹空《なかす》いてないの？　一週間も留守《るす》にしてるんだって？」

瑠香《るか》は完璧《かんぺき》に人間に向かって言うように聞く。

ラムセスは大きな目を細め、上に差し出された瑠香《るか》の手に自分の頭をこすりつけた。

「なんだ、こんなところにいたんだ！」

元《げん》が言うと、ラムセスはまたふふん！　と、笑った。

……いや、くどいようだが、笑ったように見えた。

チラっとだけ元《げん》を横目で見るようすは、余裕《よゆう》しゃくしゃくでなんとも憎《にく》らしい。

しかし、なんということだろう!?

「さ、帰ろう！　ラムセス」

瑠香《るか》がラムセスに声をかけた時、何を思ったのか、ピョンとラムセスはジャンプし、ブロック塀《べい》の内側に降《お》りてしまった。

つまり、住居《じゅうきょ》の狭《せま》い庭のほうへ。

「あ、こら、だめ。ねぇ、帰ろうよ!!」

必死に首を伸《の》ばし、背伸《せの》びをして、瑠香《るか》が叫《さけ》ぶ。

しかし、ラムセスはチラっと後ろを一度だけ振《ふ》り返っただけで、足音もたてずに、どこかへ消えてしまったのだ。

「う、うそー！　ラムセスー!?　ねぇ、ラムセス！　ラムセス！　ってば!!」

焦《あせ》って、瑠香《るか》が大声で何度も何度も呼《よ》びかけるもんだから、そこの家の人が出てきた。

「どうしたの？　犬か猫《ねこ》でも、うちの庭に迷《まよ》いこんだの？」

胸《むね》のあたりにトラの刺繍《ししゅう》が大きく入った服を着たおばさんは、小さな目をまん丸にして聞いた。

「そうなんです！　大きな豹《ひょう》みたいな猫なんですけど……。すみません！　なかに入らせてもらっていいですか？」

瑠香《るか》が頼《たの》みこむと、おばさんは快《こころよ》く承知《しょうち》してくれた。

元《げん》は、瑠香《るか》といっしょに頭をぺこぺこ下げながら庭に入らせてもらいつつ、どうして女の人はトラとか豹柄《ひょうがら》とか、そういうのが好きなんだろう？　と思った。

派手《はで》に見えるだけで、ちっともかわいくないのに。

「ラムセス!?　ラムセ――ス！」

瑠香《るか》が大声で呼《よ》んでも、影《かげ》も形もない。

庭といっても、一目ですべて見渡《みわた》せるような狭《せま》い庭だから、すでにここにはいないことは明白だ。

「しかたないな……他《ほか》を捜《さが》そう！」

「すみませんでした」

また頭を下げると、おばさんは気の毒そうな顔で、

「早く見つかるといいわねぇ」

と、言ってくれた。

胸元《むなもと》のトラににらみつけられている気がして、元《げん》は「はぁ、ありがとうございます……」と、必要以上にぺこぺこしながら道路へもどった。

……と、その時だ。

「あ、いたいたっ!!」

瑠香《るか》がかなきり声をあげた。

急いで行ってみる。おばさんもいっしょに走ってきた。

「おやまぁ、本当に豹《ひょう》みたいな猫《ねこ》なのねぇ……」

妙《みょう》に感心している。

その豹みたいな猫、ラムセスは小学校の脇《わき》にある階段《かいだん》を走って降《お》りていた。

「追いかけよう！」

瑠香《るか》に言われるまでもなく、元《げん》は走り出した。

ラムセスは途中《とちゅう》、ちらっとこっちを振《ふ》り返ったりするくせに、絶対《ぜったい》待ってはくれない。

まるで、こっちだよと案内しているようだ。

「元《げん》くん、早く！」

「わかった!!」

ふたりが走れば、リードでつながれているコーキチも、否応《いやおう》なしに走らなければならない。だいたい昼寝《ひるね》が趣味《しゅみ》だという老犬な上、今日《きょう》はすでにハードワーク気味だ。

「お、おい、コーキチ！　走ってくれよ」

リードを持っていた元《げん》が必死に言っても、ガンとして動かない。

「何やってんのよ。見失うでしょ!?」

先を走っていた瑠香《るか》が言う。

「く、くっそぉー！」

しかたない！　こうなりゃ……!!

なんと、元《げん》はコーキチを抱《だ》き上げた。

「ほら、これなら文句《もんく》ないだろ？」

そして、コーキチをお姫様《ひめさま》ダッコしたまま、先を走っている瑠香《るか》に追いつくため、階《かい》段《だん》をかけおりていった。

コーキチはいったい何事か？　と、目をシロクロさせていた。

しかし、これはあんまりいい方法じゃないなと元《げん》はすぐに後悔《こうかい》した。

老犬とはいえ、コーキチも男の子。けっこう重いのだ。

しかも、ジタバタしてちっとも言うことを聞いてくれない。

「なぁ、お願いだからジっとしててくれよぉ！」

おがみたおしながら、階段を降りていったが、コーキチが背中《せなか》をのけぞらした瞬間《しゅんかん》、
取り落としそうになってしまった。

「わわわっ!!」

元《げん》はあわててコーキチをつかんだ。

ただ、そのつかんだところが悪かった。コーキチのたるんだ背中《せなか》とシッポを思いっきりつかんでしまったのだ。

「ギャインッ!!」

この世の中でわたしほど不幸なものはいません！　というような悲鳴をあげ、コーキチは元《げん》を恨《うら》みがましそうににらんだ。

「ご、ごめんごめん！　痛《いた》かったよなぁ?」

平謝《ひらあやま》りに謝る元《げん》を前に、コーキチはたいして色つやのよくない薄茶色《うすちゃいろ》の毛並《けな》みを気にして、背中《せなか》を見ようと必死に首を後ろに回した。

でも、犬《いぬ》は猫《ねこ》ほど体が柔《やわ》らかくはない。背中を見ようとして、グルグルとその場を回り始めた。

その姿《すがた》を見て、元《げん》はすごく悪いことをしたと思った。

「ほんと、ごめんよぉ」

階段《かいだん》に座《すわ》りこみ、コーキチの背中《せなか》やシッポをさすってやっていた時だ。

タッタッタっと大きな足音をたて、身長百九十センチ以上もあるような大男がスーパーの袋《ふくろ》を下げて、階段《かいだん》を降《お》りていった。

黒いハンチングに黒いタートルネックのシャツ、黒いズボン……と、黒ずくめ。

いかにも怪《あや》しいスタイルで、瑠香《るか》も追《お》い越《こ》していった。

その男を見送り、元《げん》は首を傾《かし》げた。

どこかで見たことがあるような気がしてならなかったからだ。

それに水たまりの中を歩いていったらしく、特徴《とくちょう》のある靴跡《くつあと》を残していた。

それはKとMを組み合わせたものだった。

★またしても!?

1

「んもー！　何してんの。早く早く!!」

瑠香《るか》は、階段《かいだん》を降《お》りきったところでほっぺをふくらませていた。

ダッコされるよりは、自分で歩いたほうがマシと思ったんだろう。嫌々《いやいや》ながらも歩いてくれているコーキチを連れ、ようやく追いついた元《げん》。

「だって、こいつ、ちっとも言うこと聞かなくって」

「そんなことはともかく、ラムセスね。このあたりで見えなくなっちゃった」

「ほんとか？」

元《げん》はあたりを見回した。

似《に》たような住宅《じゅうたく》が並《なら》んでいる。ここのどこかに入りこんでいるんだろうか？

元《げん》と瑠香《るか》は左右を見回しながら、ラムセスを捜《さが》して歩いた。

その時、コーキチが「わわわん！」と、また吠《ほ》えた。

「え？　何か見つけた？」

瑠香《るか》が聞く。

コーキチが吠えているのは、クリーム色の壁《かべ》に茶色のレンガ模様《もよう》の二階建ての家。

一階に車庫があって、黒塗《くろぬ》りの車が駐車《ちゅうしゃ》していた。

その車を見て、元《げん》は「あっ！」と小さく叫《さけ》んだ。

「どうかした？」

瑠香《るか》に聞かれ、元《げん》は指さした。

「ほら、車のボンネットと屋根に猫《ねこ》の足跡《あしあと》がある。ラムセスのやつ、きっとあの窓《まど》からなかに入ったんだな」

たしかに、黒いボンネットと屋根に点々と特徴《とくちょう》のある足跡があって。

その先に小窓《こまど》があって、細く開いていた。

「すごーい。元《げん》くん、冴《さ》えてるじゃない？　どうしたの？　夢羽《むう》の影響《えいきょう》？」

珍《めずら》しく瑠香《るか》にほめられ、しかも「夢羽《むう》の影響《えいきょう》？」なんて言われて、元《げん》は真《ま》っ赤《か》になった。

ふたりは、こっそり車庫から入り、背伸《せの》びをしてその小窓《こまど》からなかを見てみた。

そして、同時にゴクリと喉《のど》を鳴らした。

人がいたからだ!!

しかも、さっきの黒ずくめの人と他《ほか》にも人が。みんな同じような格好《かっこう》をしている。

ラムセスの姿《すがた》は見えなかったが、その人を見て元《げん》は心臓《しんぞう》が飛び出しそうになった。

やっと思い出したからだ！

「そうか!!　そうだったのか!?」

わけがわからない瑠香《るか》が「なに??」と聞いているのに、元《げん》はものも言わず、コーキチを瑠香《るか》に預《あず》け、走り出した。

「なによぉ！」

小声で言いながら、瑠香《るか》もその後を追いかける。

「そうか!!　そうだったのか!!」

元《げん》はまた同じ独《ひと》り言を言いながら、走った。

……夢羽《むう》の家へ向かって。

＊＊＊

夢羽《むう》の家に到着《とうちゃく》し、元《げん》はハァハァと息をつきながら、玄関《げんかん》のドアを開けようとした。

しかし、それより前にドアが開いた。

現《あらわ》れたのは、夢羽《むう》その人だった。

「わ、わわ!!」

「元《げん》、さっき来てくれたらしいな」

いつも通り冷静な表情《ひょうじょう》。あわてている元《げん》を少し不思議そうに見た。

「はぁ、はぁ……あ、あのさ！　あいつらだ。ほら、森亞亭《もりあてい》の……あいつらがいたんだ。そこに、ラムセスが……！」

あわてて話すものだから、わけのわからない言い方だった。

しかし、夢羽《むう》はすぐに意味を理解《りかい》したようで、

「まぁ、どうぞ」

と、家のなかに入れてくれた。

その時、やっと追いついた瑠香《るか》が……なんとさっきの元《げん》と同じようにコーキチをお姫様ダッコしてやってきた。

ちゃっかり、コーキチはおとなしくしている。

さっきとはずいぶん違《ちが》うなと元《げん》はチラっと思った。

「はぁ、はぁ、はぁ……待ってよ。何がどうなったわけ？　あ、夢羽《むう》！　あ、あのね……」

コーキチを地面に降《お》ろし、瑠香《るか》も荒《あら》い息をつきながら、汗《あせ》をぬぐっている。

「とにかく、なかで話そう」

夢羽《むう》に言われ、瑠香《るか》も家に入った。

コーキチは玄関《げんかん》につないで。

やれやれ、しばらくは休憩《きゅうけい》っすかね？　と、言いたげな顔でコーキチは玄関ポーチに腰《こし》を下ろした。

「実は……」

さっそく、今あったこと、元《げん》が考えたことや思い出したことを話そうとしたが、それより前に夢羽《むう》が聞いた。

「ラムセスが誘拐《ゆうかい》されていたんだろ？　森亞亭《もりあてい》たちに」

2

今朝《けさ》届《とど》いた郵便物《ゆうびんぶつ》というのは、森亞亭《もりあてい》からのものだったらしい。

そうそう。森亞亭《もりあてい》というのは、なぜか夢羽《むう》に以前からいろんな謎解《なぞと》きを挑戦《ちょうせん》してくる紳士《しんし》で、いくつかの事件《じけん》に関係していた。

「カムパネルラ商会」という謎《なぞ》の会社《かいしゃ》があり、彼《かれ》の手下のひとりが、さっき元《げん》が見た黒ずくめの大男だったのだ。

元《げん》は一度だけ、さっきの男に会ったことがある。

それで、森亞亭《もりあてい》だ！　と、ピンと来たのだが……なぜ夢羽《むう》もわかったのか??

「これだ」

夢羽《むう》が見せてくれたのは、一枚《いちまい》の便せん。

そこには、三マス×三マスの方眼《ほうがん》が、クネクネと不自然な曲がり方をして描《えが》かれていた。

上の段《だん》、左から○がふたつ並《なら》び、その横に×。それからまんなかにも×。左の○のなかには「小」、まんなかの○のなかには「中」と書かれてあった。

「こ、これって……三並べ⁇」

元《げん》が聞くと、夢羽《むう》はうなずいた。

「でも、この『小』と『中』はなんだろ？」

「こっちを見てくれ」

夢羽《むう》がもう一枚《まい》広げて見せたのは、銀杏《いちょう》が丘《おか》の地図だった。

「このあたりじゃないのか？　ラムセスがいたのは」

夢羽《むう》がトントンと地図のある一点を指先で示《しめ》す。

「そ、そうよ‼　なんでわかったの⁉」

小
中

瑠香《るか》が大きな声をあげた。

夢羽《むう》が示《しめ》したところが、小学校の近く、階段《かいだん》を降《お》りたあたりだったからだ。

「元《げん》、わからないか?」

と、夢羽《むう》はまたさっきの便せんを見せた。

「ええ?」

元《げん》は地図と便せんの「三並《なら》びの図」を見比《みくら》べて考えた。

「これ……、ゲームの途中《とちゅう》だよな。まだ決着はついてないわけで」

「次に○を打たなければいけないのは、どこだと思う?」

夢羽《むう》に聞かれ、元《げん》は下段《げだん》の左端《ひだりはし》を指さした。

「そりゃここだよ。じゃないと、×の勝ちになっちゃうからな……あ、ああぁぁあ!?」

と、ここでひらめいた。

「え? なになに??」

瑠香《るか》はまだわからないらしい。

「ほら、これだよ。そうかそうか! この『小』というのは小学校で、『中』というのは中学校だったんだ！」

「正解《せいかい》！」

と、夢羽《むう》。

「もー、ふたりで納得《なっとく》してないで、わかるように説明してよ!!」

むくれている瑠香《るか》に元《げん》は説明した。

「この地図見てみなよ。よーく見るとさ、ここだけ三マス×三マスみたいになってるだろ？」

小学校と中学校が並《なら》んでいるあたりの地図を指で示した。

「あああ！　ほんとだ!!」

瑠香《るか》もようやくわかったようだった。

「で、次に打つ手がここだってことで。ラム

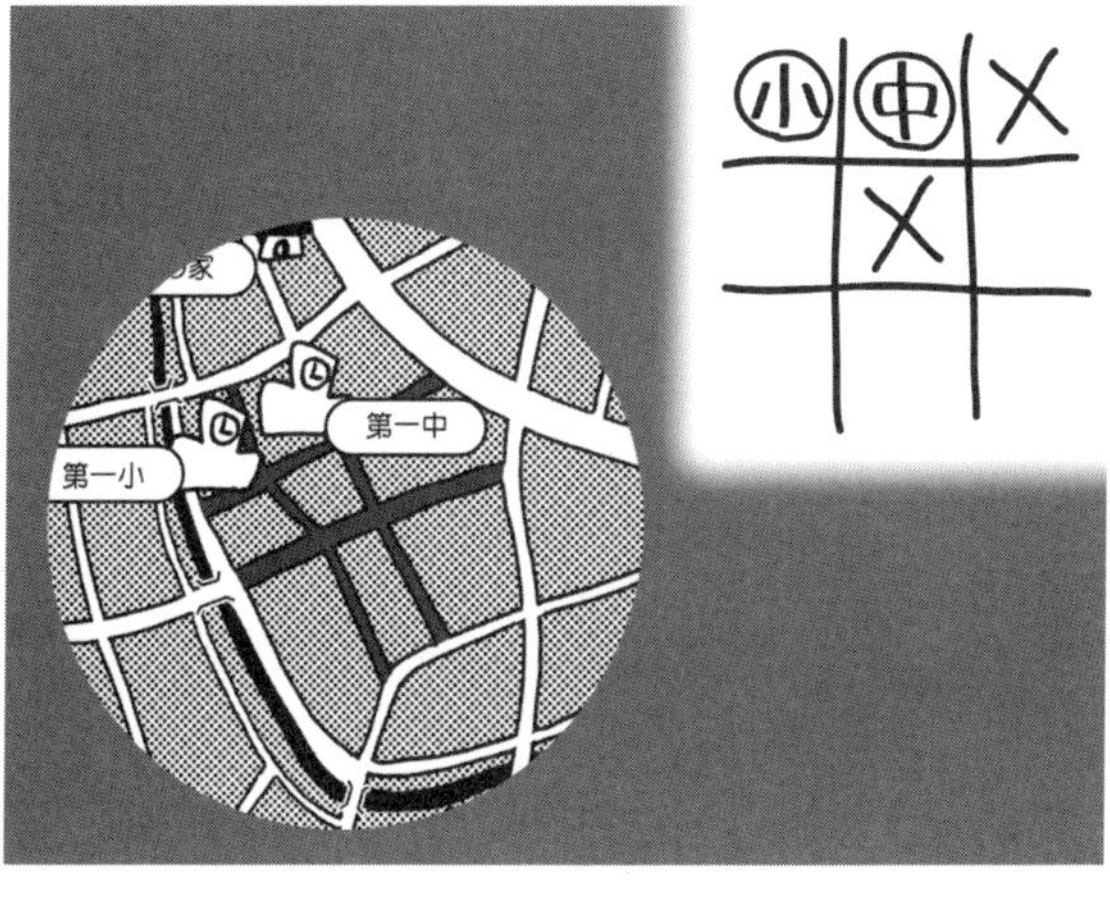

セスの居場所《いばしょ》もわかったってことか」

元《げん》が聞くと、夢羽《むう》はもう一度うなずいた。

「やつもつくづく暇人《ひまじん》だな」

「やつ」というのは、森亞亭《もりあてい》のことだろう。

「ねぇ、その森亞亭《もりあてい》って何者!?」

瑠香《るか》が聞くと、夢羽《むう》は小さくため息をついた。

「うーん、どう説明すればいいか。実は、以前……ちょっとした事件《じけん》に関係した人物でね。人殺しとか凶悪《きょうあく》なことは一切しないからいいんだが、よくこうして、わたしに謎解《なぞと》きの挑戦《ちょうせん》をしてくる人なんだ」

「なに、それぇ!? ストーカー!?」

瑠香《るか》が叫《さけ》ぶと、夢羽《むう》は苦笑した。

「ま、ある意味、そうかもね」

「危《あぶ》ないじゃん！　峰岸《みねぎし》さんに相談したほうがいいんじゃない？」

「いや、それも面倒《めんどう》なんだ。あいつも賢《かしこ》いからね。証拠《しょうこ》を残したりもしないし、さっさと行方《ゆくえ》をくらますし。ま、それにそんなに害にもなってないからね」

夢羽《むう》が言うと、瑠香《るか》は口をとがらせた。

「だって！　今だってラムセスを誘拐《ゆうかい》してるんでしょう!?」

「んー、どうかな？　ラムセスのことだから、適当《てきとう》に捕《つか》まってるフリしてるだけなんじゃないか？」

「あっ!!　そういえば……」

瑠香《るか》は思い当たった。

瑠香《るか》たちが最初にラムセスを発見したのは、その森亜亭《もりあてい》のアジトではなく、外だったのを。ラムセスは自由に出入りしていた！

「ま、でも。彼《かれ》らも困《こま》ってるだろうし、そろそろ迎《むか》えに行こうか」

夢羽《むう》はそう言うと、地図や便せんを畳《たた》みながら、にっこり笑った。

3

今度《こんど》は夢羽《むう》もいっしょに、さっきの家へ。

ちなみに、コーキチは塔子《とうこ》が面倒《めんどう》をみてくれることになったので、ラムセスを救出(?)してから、飼《か》い主《ぬし》のところへもどそうということになった。

小学校の横の道を行き、階段《かいだん》を降《お》り……。問題の家が見えたあたりで、夢羽《むう》が元《げん》たちに言った。

「あ! 隠《かく》れて」

あわてて、元《げん》と瑠香《るか》は近くの植えこみに隠れた。

玄関《げんかん》から現《あらわ》れたのは、例の黒ずくめの男たち。

「まーったく。あいつ、どんだけグルメなんだよ!」

「オレたちが食ってる肉の五倍は高い肉なんだぜ? それでもイヤだとさ」

「ボスからはまだ連絡《れんらく》ないか?」

「ああ、ないね。はぁぁ……早いとこ、なんとかしてほしいぜ。ほら、見ろよ」

「オレだって、今日《きょう》やられたんだ！」

男たちはお互《たが》いに自分の腕《うで》を見せ合っていた。

「おまえ、爪《つめ》切ってやれよ」

「とんでもない！　そんなこと、恐《おそ》ろしくてできるか！　そういうおまえが切ればいいだろ？」

「冗談《じょうだん》言うなよ!!」

彼《かれ》らはそんなことを言いながら、車に乗りこんだ。

彼らの特徴《とくちょう》のある靴跡《くつあと》が地面に残っていた。

そして、車は元《げん》たちの隠《かく》れている植えこみの横の道を通り、階段《かいだん》とは反対方向へと走り去っていった。

車を見送り、植えこみから出てきた元《げん》たちは顔を見合わせた。

「そうとう手こずってるみたいだね、ラムセスに」

瑠香《るか》がクスクス笑う。

「さっきのちっちゃいほうの人、顔にすっごい引っかき傷《きず》あったよね？」

瑠香《るか》が言うと、夢羽《むう》はため息をついた。

「悪いことしたなぁ……」

それを聞いて、瑠香《るか》はびっくりしてしまった。

「何、言ってるの？　夢羽《むう》。あいつらが勝手にラムセスを誘拐《ゆうかい》したんじゃない？　そんなこと、あったりまえよう!!」

「なぁ、とにかく今のうちにラムセスを連れもどそうよ」

元《げん》に言われ、夢羽《むう》も瑠香《るか》も車庫の前まで行った。

「ラムセス！」

家に残っているやつがいるかもしれないから、小声で瑠香《るか》が呼《よ》んでみる。

だが、聞こえないのか、ラムセスは現《あらわ》れない。

「困《こま》ったなぁ……、ねぇ、出てきてよ。ラム……」

また呼びかけようとした瑠香《るか》を夢羽《むう》が押《お》しとどめた。

そして、小さな声だったが、不思議とよく通る声で言った。

「アッサラーム・アレークム、フェーン？　ラムセス！」

「はぁ？　なんて言ったの？」

「何語？」

驚《おどろ》いている元《げん》たちの前に、さらにびっくりすることが。

例の小窓《こまど》から、ヒョイとラムセスが顔を出し、素晴《すば》らしい跳躍《ちょうやく》を見せ、地面に降《お》り立ったではないか。

そして、「にゃぁーん！」とかわいい声をあげると、夢羽《むう》に飛びついたのだ。

「おかえり、ラムセス。なんか前より毛並《けな》みがいいな。おまえ、そうとういいもの食べさせてもらってたんだろ。うちじゃムリだからね」

頭を軽くなでてくれた夢羽《むう》の胸《むね》に頭をすりつけた後、ラムセスはトンと地面に降りた。

そして、先頭を切って、階段《かいだん》のほうに走り出した。

「あ、待って待って」

瑠香《るか》が追いかける。

ラムセスはピョンピョン飛ぶように走っていき、あっという間に階段の一番上まで昇《のぼ》ってしまった。

でも、そこでちゃんと前足をそろえ、待っている。

「良かった！　やっぱりラムセスは夢羽《むう》の言うことなら聞くんだね」

瑠香《るか》が言うと、今度は元《げん》が夢羽《むう》に聞いた。

「ところで、さっきの言葉なんなんだ？　何語？」

夢羽《むう》は涼《すず》しい顔で答えた。

「アラビア語。彼《かれ》は、エジプト生まれだからね。日本語はよくわかってないんだ」

「えぇー!?　そ、そうなんだぁ？」

「で、なんて言ったの？」

瑠香《るか》が聞くと、夢羽《むう》はきれいな声で言った。

「『アッサラーム・アレークム』というのは、一般的《いっぱんてき》な挨拶《あいさつ》。『フェーン』というのは、どこ？　ってこと」

「つまり、『こんにちは。ラムセス、どこ？』ってこと？」

「まぁね」

いやはや、まったく。

何から何まで驚《おどろ》かされる。

階段《かいだん》の途中《とちゅう》まで昇《のぼ》った時、上で待っているラムセスに、元《げん》はさっそく言ってみた。

「アッサラーム・アレークム、ラムセス」

すると、どうだ!? ラムセスは大きなアーモンド型の目を輝《かがや》かせ、「にゃぁ～ん!」

と返事をしてくれたではないか。

「すっげー!」

元《げん》はうれしくってしかたなかった。

エジプトが少し身近に感じられたからだ。

いまだ多くの謎《なぞ》に包まれた土地。古代エジプトはロマンに満ちている。

いつかは自分も行って、ピラミッドに登ったり、ミイラの謎《なぞ》を解《と》いたりしたい。

……と、大人《おとな》になった自分を想像《そうぞう》した元《げん》。

なぜか隣《となり》に夢羽《むう》がいるのを同時に想像してしまい、ひとりで真《ま》っ赤《か》になった。

「ん?」

隣にいる夢羽《むう》が、首を傾《かし》げて元《げん》を見つめた。

「い、いや、な、なんでもない！　なんでもないから!!」

あわてて、両手を左右に振《ふ》る。

「なんだ？　気になるから話してくれ」

夢羽《むう》の透《す》き通った大きな瞳《ひとみ》を見ていると、吸《す》いこまれそうになる。

「ほ、ほんとに、なんでもないから!!」

元《げん》は逃《に》げ出すように、そう言うと、階段《かいだん》を一気にかけあがったのだった。

おわり

IQ《アイキュー》探偵《たんてい》ムー

キャラクターファイル

IQ《アイキュー》探偵《たんてい》ムー

キャラクターファイル

#15

名前《なまえ》………**木田恵理《きだえり》**
年《とし》…………10歳《さい》
学年《がくねん》………小学《しょうがく》5年生《ねんせい》
学校《がっこう》………銀杏《いちょう》が丘第一小学校《おかだいいちしょうがっこう》
家族構成《かぞくこうせい》…父《ちち》／慎一郎《しんいちろう》　母《はは》／八千代《やちよ》　弟《おとうと》／慎太《しんた》（小学《しょうがく》2年生《ねんせい》）
外見《がいけん》………丸顔《まるがお》で、ふっくらした肉《にく》まんのような柔《やわ》らかな頬《ほほ》を持《も》つ。
いつも大《おお》きなカバンをしっかり抱《かか》えている。
性格《せいかく》………臆病《おくびょう》で泣《な》き虫《むし》。そんな自分《じぶん》を嫌《いや》だと思《おも》っている。
友達《ともだち》と話《はな》すのが苦手《にがて》だが、実《じつ》は友達思《ともだちおも》い。

IQ《アイキュー》探偵《たんてい》ムー

キャラクターファイル

#16

名前《なまえ》………ラムセス

年《とし》…………3歳《さい》

飼《か》い主《ぬし》……茜崎夢羽《あかねざきむう》

外見《がいけん》………サーバル・キャット。大《おお》きな耳《みみ》とアーモンド型《がた》の目《め》、
点々模様《てんてんもよう》が特徴《とくちょう》で、一見豹《いっけんひょう》のよう。
体長《たいちょう》1メートル20センチ。体重《たいじゅう》20キロ。

性格《せいかく》………敏捷《びんしょう》で、なんにでも興味《きょうみ》を持《も》つ。飼《か》い猫《ねこ》とは思《おも》えないほど
野性味《やせいみ》あふれる。

IQ《アイキュー》探偵《たんてい》ムー

キャラクターファイル
#17

名前《なまえ》………**コーキチ**
年《とし》…………11歳《さい》
飼《か》い主《ぬし》……山本信夫夫妻《やまもとのぶおふさい》。
今《いま》は独立《どくりつ》している息子《むすこ》が中学生《ちゅうがくせい》の時拾《ときひろ》ってきた。
外見《がいけん》………柴犬《しばいぬ》っぽいが、微妙《びみょう》に毛《け》が長《なが》い雑種犬《ざっしゅけん》。
性格《せいかく》………年《とし》をとってからは、ひなたぼっこが生《い》きがい。
散歩《さんぽ》など動《うご》くことは苦手《にがて》。

あとがき

こんにちは！　初めての方は初めまして。いつもおなじみの人には、やぁやぁ！　また会いましたね！　お元気でした？

……というわけで、『ＩＱ探偵ムー』のシリーズもだんだんと巻《かん》を重ねております。

夢羽《むう》ちゃんや元《げん》くん、瑠香《るか》ちゃん、小林《こばやし》くん、大木《おおき》、バカ田《ダ》トリオ、全員元気です。

わたしは、この本を書く時、いつもそうなんですが、元《げん》くんたち主人公だけじゃなく、元《げん》くんの妹や両親、プー先生など、みんな実際にいるような気がしてなりません。

だから、久しぶりに書き始めても、久しぶりな感じがしないんですよね。

書き始めたとたんに、みんなが学校や銀杏《いちょう》が丘《おか》の町並みから顔を出し、「おっはよー！」「お、ひさしぶり！」と声をかけてくれるような気がするんです。

今回は、ちょっとだけシリアスなお話です。でも、きっとみんな一度くらいは経験したことがあるんじゃないでしょうか。

わたしなんて何度もありますよ。

今から考えれば、そんなにたいしたことなくっても、その当時はね。もう、すっごい大問題なんです。みなさんだって考えてみてください。

たとえば、幼稚園《ようちえん》や保育園《ほいくえん》の頃、砂場《すなば》で砂場道具の取り合いをして、結局、ケンカになっちゃって、泣かされたり泣かしたりということ、あったと思います。

今から思えば、あんなことでなぜ泣いたんだろう？　って思いませんか？

そういうことって、いくつになってもあるんですよ。

あー、なぜあんなに辛かったんだろう、苦しかったんだろうって。通り過ぎてみて、時間がたったり、自分が大人《おとな》になったりして初めてわかることってあると思うんです。

だから、大人はよく試してもみないのに「どうせそうなるよ」と、いとも簡単に言います。

そして、すごく悔《くや》しいことに、だいたいはその通りの結果になったりします。

で、「ほらね、言ったとおりでしょ。どうせそういうことになると思った」なんてね。勝《か》ち誇《ほこ》られたりして、さらにさらにむかつくわけですよ。

子供《こども》の頃、わたしはこういうふうに言われるのがすごくイヤでした。試してもみないのに、なぜ結果がわかるの⁉ って、反発したものです。

でも、こうして自分が大人《おとな》になってみるとね。わかるんですよー！ だいたいね。十中八九《じゆっちゅうはっく》という言葉、ご存じですか？ 十のうち、八から九はそうだという意味。つまり、だいたいそうだという時に使います。

「彼の言うことは、十中八九正しい」とか。そんなふうに使います。

ああ、それでです。大人になると、試さなくたって、だいたいのことは十中八九わかってしまうんです。それは経験によるデータの成せるワザです。

今まで生きてきた我が人生に照らし合わせてみて、「ああ、きっとダメだろうな」とか「きっと途中で飽《あ》きるだろうな」とかわかってしまうのです。

ま、そうじゃなきゃねぇ。ただボーっと生きてるわけじゃないですし。みんないろいろと痛い目にあってきてるわけですから。

でね。特にかわいい子供には失敗をして悲しい目にはあわせたくないと思うのが親心ですからして。失敗するとわかっていることをさせたくありません。

「悪いこと言わへんから、やめときなさい」

「そんな言うてもな。やってみぃひんとわからへんやないか」

「そんなん、やってみぃひんでもわかるの！」

「なんでや⁉」

「なんで……って。そないなこと、すぐわかるんやで。とにかく、なんでもや！」

こんなぐあいです。大阪弁なのは謎《なぞ》ですが（笑）。

でもね。わたしはよく娘に言います。失敗ほどすばらしい経験はないって。

もちろん、取り返しのつかないような失敗はしないほうがいいです。でも、世の中、そんなにないでしょう？　取り返しのつかないことなんて。

だったら、勇気をもって、いろいろ失敗をしてみるのもいいと思うんです。

ちっちゃな失敗、大歓迎ですよ！

そんな気持ちでいれば、新しいことをしたりするのもこわくないでしょう？

で、もしか……うまくいったら、もうけものじゃないですか‼

……って、何の話がしたかったのかな。えーと、今回の友達関係のトラブルというのは誰《だれ》だってあるものですからね。今回のお話だけじゃなくて、きっとこれからもいろんなお話で出てくると思います。

ひとつだけ言えること。

それはね。思い詰《つ》めないでってことです。

思い詰めて、そのことだけをずっとずっと考えてると、どんどん深みにはまります。深みにはまっていくと、周りがよく見えないでしょう? 見晴らしのいいところにいないと、いい考えも浮かばないものです。

わたしもね。実は、つい最近、悲しいことがありました。理由がよくわからないまま、お友達同士が仲違《なかたが》いしたのです。その間に立って、どうしようもなくて。結局、どちらとも会いづらくなってしまいました。

わたしはどうしたかというと、好きな映画を見まくったり本を読みまくったり、ジムに行って体を動かしたり、顔のパックをしたり、旅行に行ったりしました。

悲しいことから早く逃げ出したいと思ったからです。

で、ようやく最近そういう悲しい気分から抜け出すことができました。問題はまだ解決できていませんが、きっとね。そのうちなんとかなる気がします。

さて、また近いうちにお会いしましょうね！

夢羽《むう》ちゃんの冒険はまだまだまだまだ続きます。隣町《となりまち》の天才探偵、タクトもよろしくね。

いずれはムーVSタクトの話も書いてみたいと思っています。

では、また会いましょうね！

深沢《ふかざわ》美潮《みしお》

深沢美潮《ふかざわみしお》

武蔵野美術大学造形学科《むさしのびじゅつだいがくぞうけいがっか》卒《そつ》。コピーライターを経《へ》て作家《さっか》になる。著作《ちょさく》は、『フォーチュン・クエスト』、『デュアン・サーク』（電撃文庫《でんげきぶんこ》）、『菜子《なこ》の冒険《ぼうけん》』（富士見《ふじみ》ミステリー文庫）、『サマースクールデイズ』（ピュアフル文庫）など。ＳＦ作家《さっか》クラブ会員《かいいん》。みずがめ座《ざ》。動物《どうぶつ》が大《だい》好《す》き。好《す》きな言葉《ことば》は「今《いま》からでもおそくない！」。

山田Ｊ太《やまだじぇいた》

１／26生《う》まれのみずがめ座《ざ》。Ｏ型《がた》。漫画家兼《まんがかけん》イラスト描《か》き。作品《さくひん》は『ICS犀星国際大学《さいせいこくさいだいがく》Ａ棟《とう》302号《ごう》』（新書館《しんしょかん》WINGS）、『GGBG！』（ジャイブＣＲコミックス／ブロッコリー）、『あさっての方向《ほうこう》。』（コミックブレイドMASAMUNE）。１巻発売《かんはつばい》の頃《ころ》やって来《き》た猫《ねこ》は、３才《さい》になりました（人間《にんげん》で言《い》うと28才《さい》）。

IQ探偵シリーズ⑨
IQ探偵ムー あの子は行方不明

2008年3月 初版発行
2018年10月 第6刷

著者 深沢美潮《ふかざわみしお》

発行人 長谷川 均

発行所 株式会社ポプラ社
〒102-8519 東京都千代田区麹町4-2-6 8・9F
［編集］TEL:03-5877-8108
［営業］TEL:03-5877-8109
URL www.poplar.co.jp

イラスト 山田J太
装丁 荻窪裕司（bee's knees）
DTP 株式会社東海創芸
編集協力 鈴木裕子（アイナレイ）

印刷・製本 大日本印刷株式会社

ISBN978-4-591-10163-6 N.D.C.913 181p 18cm
Printed in Japan

本書は、2007年6月にジャイブより刊行されたカラフル文庫を改稿したものです。
P4037009

ポプラ ポケット文庫

児童文学・中級～

くまの子ウーフの童話集	神沢利子／作	井上洋介／絵
①くまの子ウーフ　②こんにちはウーフ　③ウーフとツネタとミミちゃんと		
うさぎのモコ	神沢利子／作	渡辺洋二／絵
おかあさんの目	あまんきみこ／作	菅野由貴子／絵
車のいろは空のいろ	あまんきみこ／作	北田卓史／絵
①白いぼうし　②春のお客さん　③星のタクシー		
のんびりこぶたとせかせかうさぎ	小沢 正／作	長 新太／絵
こぶたのかくれんぼ	小沢 正／作	上條滝子／絵
もしもしウサギです	舟崎克彦／作・絵	
森からのてがみ	舟崎克彦／作・絵	
一つの花	今西祐行／作	伊勢英子／絵
おかあさんの木	大川悦生／作	箕田源二郎／絵
竜の巣	富安陽子／作	小松良佳／絵
こねこムーの童話集 こねこムーのおくりもの	江崎雪子／作	永田治子／絵
わたしのママへ…さやか10歳の日記	沢井いづみ／作	村井香葉／絵
まじょ子 2 in 1	藤 真知子／作	ゆーちみえこ／絵
①まじょ子どんな子ふしぎな子　②いたずらまじょ子のボーイフレンド　③いたずらまじょ子のおかしの国大ぼうけん　④いたずらまじょ子のめざせ！スター　⑤いたずらまじょ子のヒーローはだあれ？　⑥いたずらまじょ子のプリンセスになりたいな		
ゾロリ 2 in 1	原 ゆたか／作・絵	
①かいけつゾロリのドラゴンたいじ／きょうふのやかた　②かいけつゾロリのまほうつかいのでし／大かいぞく　③かいけつゾロリのゆうれいせん／チョコレートじょう　④かいけつゾロリの大きょうりゅう／きょうふのゆうえんち　⑤かいけつゾロリのママだーいすき／大かいじゅう		
衣世梨の魔法帳	那須正幹／作	藤田 香／絵
①衣世梨の魔法帳　②まいごの幽霊		
おほほプリンセス	川北亮司／作	魚住あお／絵
①わたくしはお嬢さま！　②これって初恋なのかしら		
らんたろう 2in1	尼子騒兵衛／作・絵	
①らくだいにんじゃらんたろう　②にんタマ三人ぐみのこれぞにんじゃの大運動会だ!?		

いたずら人形チョロップ　たかどのほうこ／作・絵

ねこじゃら商店へいらっしゃい　富安陽子／作　平澤朋子／絵

ブンダバー　くぼしまりお／作　佐竹美保／絵
①〜⑥

2in1 名門フライドチキン小学校　田中成和／作　原ゆたか／絵
2in1 名門フライドチキン小学校　②注射がいちばん　③ようかいランド
④どっきり火の玉おばけ　⑤魔女のテストでカバだらけ

ガールズ

リトル・プリンセス　ケイティ・チェイス／作　日当陽子／訳　泉リリカ／絵
①ささやきのアザラ姫　②おとぎ話のイザベラ姫　③氷の城のアナスタシア姫

つかさの中学生日記　宮下恵茉／作　カタノトモコ／絵
①ポニーテールでいこう!　②トモダチのつくりかた　③部活トラブル発生中!?
④嵐をよぶ合唱コンクール!?　⑤流れ星は恋のジンクス

らくだい魔女の出会いの物語　成田サトコ／作　千野えなが／絵

ランプの精 リトル・ジーニー　ミランダ・ジョーンズ／作　宮坂宏美／訳　サトウユカ／絵
①おねがいごとを、いってみて!　②小さくなるまほうってすてき?　③ピンクのまほう
④ゆうれいに　さらわれた!

亡霊クラブ 怪の教室　麻生かづこ／作　COMTA／絵
亡霊クラブ 怪の教室　②沈黙のティーカップ　③悲しみのそのさき

ヒミツの子ねこ　スー・ベントレー／作　松浦直美／訳　naoto／絵
①〜⑦

尾木ママの女の子相談室　尾木直樹／監修・文
①なりたいわたしになるっ!　②スッキリ解決★友だちの悩み

カエル王国のプリンセス　吉田純子／作　加々見絵里／絵
①あたし、お姫様になる!?　②デートの三原則!?　③フレー! フレー! ラブラブ大作戦
④ライバルときどき友だち?　⑤王子様はキューピッド?

ダンシング☆ハイ　工藤純子／作　カスカベアキラ／絵
①強引な天使とダンスの王子さま!?　②アイドルと奇跡のダンスバトル!　③海へGO! ドキドキ★ダンス合宿
④みんなのキズナ! 涙のダンスカーニバル　⑤つながれ!　運命のラストダンス

科学探偵部ビーカーズ！シリーズ　夏 緑／作　イケダケイスケ／絵
①出動！ 忍者の抜け穴と爆弾事件　②激突！ 超天才小学生あらわる　③怪盗参上！ その名画いただきます

ダイエットパンチ！　令丈ヒロ子／作　岸田メル／絵
①あこがれの美作女学院デビュー！　②あまくてビターな寮ライフ　③涙のリバウンド！そして卒寮！

なぎさくん、女子になる　令丈ヒロ子／作　立樹まや／絵
おれとカノジョの微妙Days1
なぎさくん、男子になる
おれとカノジョの微妙Days2

ひみつの占星術クラブ　鏡リュウジ／監修　夏奈ゆら／作　おきな直樹／絵
①星占いなんかキライ　②ぶつかりあう星座　③金星がみちびく恋　④土星の彼はアクマな天使!?

犬と私の10の約束　さとうまきこ／作　牧野千穂／絵
バニラとみもの物語

犬のおまわりさん　飛鳥 望・AMG出版工房／作　あかつき／絵
優花とココアのおためし飼い主日記

くろねこルーシー　いとう緑凛・AMG出版工房／作　曲小唄／絵
幸福をはこぶネコ

マメシバ一郎
もなかと桃花の友だちレッスン　真野えにし・AMG出版工房／作　小川真唯／絵

猫侍　いとう緑凛・AMG出版工房／作　九条 M+/絵
玉之丞とほおずき長屋のお涼

サンタ・カンパニー　福島直浩／作　糸曽賢志／原案　左／絵
プレゼント大作戦！

開店! メタモル書店　関田 涙／作　濱元隆輔／絵
①わたしの話が本になる!?　②超デキるライバル登場!?

超常現象Qの時間　九段まもる／作　みもり／絵
①謎のスカイパンプキンを追え!　②傘をさす怪人　③さまよう図書館のピエロ

満員御霊! ゆうれい塾　野泉マヤ／作　森川泉／絵
①おしえます、立派なゆうれいになる方法　②恐怖のゆうれい学園都市　③封じられた学校の怪談

お江戸の百太郎　那須正幹／作　小松良佳／絵
お江戸の百太郎 ②黒い手の予告状

トリプル・ゼロの算数事件簿　向井湘吾／作　イケダケイスケ／絵

ココロときめくアンソロジー
キラキラ!　工藤純子 ほか／作　うっけ ほか／絵

ポプラ ポケット文庫

世界の名作

トム・ソーヤーの冒険	マーク・トウェン／作	岡上鈴江／訳
ふしぎの国のアリス	キャロル／作	蕗沢忠枝／訳
オズの魔法使い	バウム／作	守屋陽一／訳
オズの魔法使いと虹の国	バウム／作	守屋陽一／訳
長くつしたのピッピ	リンドグレーン／作	木村由利子／訳
秘密の花園	バーネット／作	谷村まち子／訳
ピーター・パン	バリ／作	班目三保／訳
くるみわり人形	ホフマン／作	大河原晶子／訳
ドリトル先生	ロフティング／作	小林みき／訳
フランダースの犬	ウィーダ／作	高橋由美子／訳
グリム童話		西本鶏介／文・編
小公女	バーネット／作	秋川久美子／訳
アラビアンナイト	濱野京子／文	ひらいたかこ／絵
あしながおじさん	ウエブスター／作	山主敏子／訳
赤毛のアン	モンゴメリ／作	白柳美彦／訳
にんじん	ルナール／作	南本 史／訳
十五少年漂流記	ベルヌ／作	大久保昭男／訳
海底二万マイル	ベルヌ／作	南本 史／訳
がんくつ王	デュマ／作	幸田礼雅／訳
レ・ミゼラブル ああ無情	ユゴー／作	大久保昭男／訳
おちゃめなふたごシリーズ	ブライトン／作	佐伯紀美子／訳

①おちゃめなふたご　②おちゃめなふたごの秘密
③おちゃめなふたごの探偵ノート　④おちゃめなふたごの新学期
⑤おちゃめなふたごのすてきな休暇　⑥おちゃめなふたごのさいごの秘密

小学校初・中級〜　小学校中級〜　小学校上級〜　中学生向け

ピンクのバレエシューズ	ヒル／作	長谷川たかこ／訳
バレリーナの小さな恋	ヒル／作	長谷川たかこ／訳
オペラ座のバレリーナ	ヒル／作	長谷川たかこ／訳
クリスマス・キャロル	ディケンズ／作	清水奈緒子／訳
若草物語	オルコット／作	小林みき／訳
星の王子さま	サン=テグジュペリ／作	谷川かおる／訳
聖書物語	バン・ルーン／作	百々佑利子／訳
ロビン・フッドの冒険	パイル／作	小林みき／訳
ロビンソン漂流記	デフォー／作	澄木 柚／訳
最後の授業	ドーデ／作	南本 史／訳
西遊記 (一) おれは不死身の孫悟空　(二) 妖怪変化なにするものぞ　(三) 天地が舞台の孫悟空	吉本直志郎／文	原ゆたか／絵
ジキル博士とハイド氏	スティーブンソン／作	百々佑利子／訳
透明人間	ウェルズ／作	段木ちひろ／訳
賢者の贈りもの	オー・ヘンリー／作	西本かおる／訳
シリーズ・赤毛のアン ①赤毛のアン　②アンの青春　③アンの愛情 ④アンの夢の家　⑤虹の谷のアン　⑥アンの娘リラ ⑦アンの友達	モンゴメリ／作	村岡花子／訳
幸せな王子	オスカー・ワイルド／作	天川佳代子／訳
不思議の国のアリス 新訳	キャロル／作	佐野　真奈美／訳
鏡の国のアリス 新訳	キャロル／作	佐野　真奈美／訳
三国志 (一) 群雄のあらそい　(二) 天下三分の計　(三) 燃える長江 (四) 三国ならび立つ　(五) 五丈原の秋風	三田村信行／文	若菜 等+Ki／絵

● 小学校 初・中級〜　●● 小学校 中級〜　♣ 小学校 上級〜　✤ 中学生向け

アンソロジー

●〜♣ ふしぎ？ おどろき！ かがくのお話1年生〜6年生	ガリレオ工房・滝川洋二／監修
●〜♣ 教科書にでてくるお話　1年生〜6年生	西本鶏介／監修
● 国語教科書にでてくる物語　1年生・2年生	齋藤　孝／著
●● 国語教科書にでてくる物語　3年生・4年生	齋藤　孝／著
♣ 国語教科書にでてくる物語　5年生・6年生	齋藤　孝／著

伝　記

● **心を育てる偉人のお話**　西本鶏介／編・著
①野口英世、ナイチンゲール、ファーブル 他　②豊臣秀吉、ヘレン・ケラー、宮沢賢治 他
③坂本竜馬、徳川家康、キリスト 他

♣ 武田信玄	西本鶏介／著
♣ 平　清盛	三田村信行／著
♣ 真田幸村	藤咲あゆな／著
♣ 戦国武将列伝 〈疾〉の巻〈風〉の巻〈怒〉の巻〈濤〉の巻	藤咲あゆな／著

●● 子どもの伝記

①野口英世	浜野卓也／文	②マザー・テレサ	やなぎや・けいこ／文
③豊臣秀吉	吉本直志郎／文	④ライト兄弟	早野美智代／文
⑤ベートーベン	加藤純子／文	⑥宮沢賢治	西本鶏介／文
⑦ヘレン・ケラー	砂田 弘／文	⑧一休	木暮正夫／文
⑨キュリー夫人	伊東 信／文	⑩エジソン	桜井信夫／文
⑪ナイチンゲール	早野美智代／文	⑫キリスト	谷 真介／文
⑬坂本竜馬	横山充男／文	⑭アンネ・フランク	加藤純子／文
⑮福沢諭吉	浜野卓也／文	⑯手塚治虫	国松俊英／文
⑰徳川家康	西本鶏介／文	⑱二宮金次郎	木暮正夫／文
⑲ファーブル	砂田 弘／文	⑳織田信長	吉本直志郎／文